腐った大人たちに囲まれて生き延びた話

JN118346

初めまして。透子です。

理不尽な世の中や、どうにもならない法律の抜け穴などに対して怒りを込めてこの挑発する様なタイトルで文章を書いています。

そして、タイトルに書いてある腐った大人についてですが、ここで言う腐った大人たちというのは、弱者の立場を利用して自分ばかり得しようと搾取するクズ人間の大人たちのことです。今回新刊を出すに当たって私の書いた文章は、基本 18 歳、19 歳の頃に作成したものです。そして 2021 年時点では、この世代の子供たちは 18 歳未満の児童よりも搾取されやすい脆弱な基盤の上に立たされています。2022 年から成年年齢の引き下げで多少搾取される若者は減っていくでしょうが、いま困難な状況に立たされている弱者の方達が今もなお、その尾を引いていることに変わりはありません。そして、過去には私もその仲間の一員でありました。そこからどうにか這い上がって生き延びた私だからこそ書けることは何か無いだろうか。そう思って書いたものです。ところどころ気持ちのいいものでは無いものが含まれていますが、ご容赦ください。

この文章は、私が虐待を受けて大人になる段階で、たくさん被った理不尽について書き連ねてありますが、いま、当の本人である両親とは和解に至っています。私が生き延びるためにたくさん助けてくれた友人や、道徳を施してくださった大人の皆様、そして家族に向けてこの本を記します。

1　高校生の頃に残した文章

この記事は親からの虐待のみならず、彼氏から暴力や金銭の搾取等 DV を受けている女の子（彼女から DV を受けている男の子もそうです）や、その他全ての DV にも有効な手段です。ですから、いま、とにかく、苦しんでいる人は見てください。ですが、この記事はショッキングなものですので、無理はなさらないでください。辛い記憶のフラッシュバックを起こしてしまう危険性があります。今から、今年の春に起きたことと、その時に書いた当時のまだ記憶に残っていたことをここに書こうと思います。

それまでされるがままだっただけの私が、ある時から録音を始めたことで、どう変化していったかについての記録です。これを読んだ方で、もし DV を受けている人がいたら、みんなも真似してみてほしいです。

以下、高校生の頃に書いた文章です。

これは、私の両親の医学部信仰及び子供の扱い方がおかしかったという話です。17 年と半年かけて子供に刷り込んできた医学部信仰が簡単に崩されたわけなので両親はもちろんビックリして、私の間違った考えをどうにかして『元に戻そう』としました。具体的には、殴ったり、学校の言動を利用して嘘をついて周囲に味方はいないことを刷り込んだり、睡眠や食事を取り上げることで『矯正しよう』としました。だから 3 月の中盤から 4 月初めの 1 ヶ月は私の中ではめちゃくちゃだったように思います。というか、これが 6 歳から 14 歳くらいまで（私が児童相談所に行くまでは）毎日のように行われていました。

高校生になってまで、こんなことを思い出してしまって、なんだか虚しくなりました。小学生の頃は色んなことがありました。夜更かししただけで怒られて日が昇るまで暴力を振るわれたりしたし、投げられて腰が抜けて立てなくなったこともあります。ゴミ捨て場に何往復もさせられて自分で自分の部屋のものを全部捨てさせられたりもしました。2階にリビングがあって、毎朝私のカバンの中身を道路にぶちまけるので、車が通らないタイミングを見計らって拾いに行くなんてことも日常茶飯事だし、プライバシーなんてなくて、未だに財布だけでなく、レシートやSuicaの履歴を逐一チェックしたり、私のゴミ箱の中まで漁ったりします。段られて顔じゅうが内出血で大変なことになって母の化粧品をこっそり借りて学校に行ったこともあります。ヘアブラシが折れるくらい私の頭を叩いて、頭から血を流したこともあります。丸めた新聞紙が未だに怖いです。あれを使えば簡単に指の節々が真っ青になります。身を守るのに利き手を上に重ねていなかったのでどうにか学校に見つからないで過ごせたことが唯一の救いです。それでも守っていた利き手も青くなって、鉛筆が握れないくらいには痛くなりました。家に帰れば勉強の続きがあります。泣きながらペンを握って、自分を叱咤しながら勉強していました。途中で心をだめにしてしまいました。今でも、（医学部ではない）大学を見に行っただけで30分間に10回も電話をかけてきたりします。

　周りの大人たちには色んな人がいました。私のことを想ってやってくれているのだから少し間違えたくらいなら許してやれとか、親に逆らったり両親の文句を言うのはおかしいという人もいました。あんなに愛しているのに期待に応えないのはおかしいとか、反抗期が抜けきれていないのではと言う人もいました。その一方で、私の言うことを全部聞いてくれたりする人もいました。お金を出してくれるって言ってくれた人もいます（お金は大事なものなので借りることはできないけれど）。どうすればいいのか、調べてくれてる人もいます。優しい声をかけて励ましてくれる人もいます。私が泣いても、黙って聞いてくれる人もいます。私に愛を持って接してくれる優しい人も沢山います。そういう人たちに囲まれていて、わたしは今、とても幸せです。とてもありがたいです。

　両親二人にもらった愛情の、100倍はもらっていると思います。たくさんの人が、私のことを大切に見守っていてくれます。私はいつか、そういった皆さんに恩返しをしたいと思っています。だから関わってきたみんなが、私にとっては私の生きがいです。

　そして具体的にこの2017年の春に何があったかというと、簡単には

　　建築系の大学に行きたいことを明かす
　　→ 一時的に収まっていた虐待が再発
　　→ どうにか我慢する
　　→ 家を追い出される
　　→ 学校に相談する
　　→ 粗雑な対応

という流れでした。

　親に操られて医学部に行くのが嫌で、建築の勉強をしたいと言うと両親とも激昂しました。医学部に行かせたいと言っているのに、予備校に通わせないならまだしも、勉強の邪

魔をしてくるし、書籍を買ったこともありますが、全然お金を持っていなかった私は、学校のゴミ捨て場で定期的に本を探してはそこで拾った本で勉強していたりしたので、このまま応援してくれないのなら建築に行こうかなという旨を伝えたらこうなってしまいました。医学部に行って私を医者にして何をしてほしいのか、私の稼ぎで毎日贅沢をする以外の明確なビジョンを 17 年もの間、一度たりとも伝えられたことがなかったからという理由もあります。それから毎日わざと私の前を通るときだけ大きな音を立てて威嚇したり、部屋の戸を強く開け閉めしたりして脅しました。ずっとビクビクしていました。怖いし、目が合うたびに睨みつけたり、瓶で殴るそぶりを見せたりしました。それから私は家を朝の 4 時に出るようになりました。始発の電車に乗ることで、寒さと恐怖と両親からの意地悪から逃げました。毎朝、始発の電車のアナウンスを聞くとこれから少なくとも半日以上は意地悪されないんだなと思えて、ホッとして、ちょっと泣いたりしました。「電車が参ります」のアナウンスを聞くたびに、救われた気持ちになり、泣いて、救われたいと願うような日々を一週間ほど繰り返しました。

　自習室などはなかったので、朝の 4 時に駅に行き、駅のベンチで書籍を広げて、ベンチを机にして、床に正座して勉強していました。始発が来て暖かい電車に乗り込んでからはずっと、ゆっくり勉強していました。そもそも机がある状態ということが、とてもありがたい状態でした。一生懸命勉強していました。その高校では誰よりも必死だったと思います。

　三日間で食べたものがカップ麺一つだったこともあります。でも門限は守り、必ず 19時までには帰宅しました。殴られるのが怖かったからです。だから、自分の傷をこれ以上深くしないためにも、夜の間だけは耐えようと思いました。でも両親に朝だけ顔を合わせない生活も長くは続かず、一週間後、とうとう締め出されてしまいます。その時は諦めて駅の方へ向かいました。友達に連絡して助けを求めました。みんな心配してくれました。そしてそのうちの一人が私を家に泊めてくれました。友達の家へ向かう途中、父から電話がかかってきました。とても怒っていて、内容は今までのことを全部謝れというものでした。客観的に考えて私は謝る必要のないことだったので、そのまま無言で切りました。それが生まれて初めての私の反抗でした。小さなことですが、私にとっては大きなことでした。こんなに重大な親子間での違反は今までなら絶対にしようとしなかったことです。でも衣食住で子どもを釣るなんて間違っていることだとその時、思ったんです。両親は、自分がいなくては私は死ぬと言うことを実際に知らしめようとしていたんです。その時の電話の音声の剣幕は相当のもので、電話から漏れた声を聞いた周りの人が一斉にこっちを振り向くほどでした。そしてこの電話を切ったことで、その日のうちに両親は腹いせに私の携帯の契約を切りました。私のスマホはガラクタになりました。とうとう追い詰められたんだなと思いました。改めて私の命は両親に握られているんだなと実感して、怖くて震えました。それでもどうにか友達のもとにたどり着いたんです。携帯の契約を切れば家に帰るだろうと高を括っていた両親は慌てました。寒い中、急いでその子は来てくれて、私に大丈夫だと声をかけてくれました。とても暖かかった。その日は友達の家に泊まり、このままじゃ家に帰れないということで翌日学校に直接向かい、相談しに行きました（この時直接警察に行けば良かったなあと思います）。

この時の学校の私への対応は間違っていたように思います。家を追い出されたのに、私服で学校に来るのはおかしいと言ったり、友達の家に泊まったことへの罰だと言って、結果として朝7時から10時間以上教師の監視のもと勉強させられるという謹慎を一週間受けました。私に罰を与えた先生は、私が悪いからこうなったと言い、親の言うこと（医学部への進学）に逆らうんだから応援してもらえなくて当然だと言いました。応援とかの話ではなく、生きていけなくて困っていたのです。

その先生の話は全然私のことを分かって言ってくれているようではなさそうでした。私が悪いから状況がおかしくなったと言い、私のやったことがいかに愚かかを、何時間もかけて説明されました。今から親を『捨てる』準備をするんだ、などとわざと聞き心地の悪い言い方をしました。髪が長かったので、髪を乾かすのに何時間もかけているんだろうとか、綺麗な服を着て、服にもお金がかかっているんだろう、などと外見ばかりを挙げて、毎日遊び呆けていて勉強しないから自業自得だと言われていました。なんというか、失望しかなかった。この人は人生の師でもなんでもない、子供にマウントを取ることで生きていこうとするテイカー（他人からリソースを搾取して生きていく人間のこと）なんだと思いました。

そして、私は全然我慢が足りていないと言いました。かくいう先生自身も家族内で、うまくいかない修羅場が起こったことがあったからだそうです。先生は若い時に駆け落ちして寒いところで子どもを育ててきた。子供が大きくなって親に見せたら許してくれた。そう言っていました。虐待を受けている子供に対して自己責任論を繰り広げるこの教師は、心底頭がおかしいんじゃないかと今となっては思います。駆け落ちという自分の選択で起こした状況と、子供であるから大人に依存しなければならないものの、このままでは生きていけるかどうかもわからず困っている状況を一緒くたにしているからです。こういう人間は教師になってはいけないと、私は思っています。

彼女は「段られたら証拠になるからラッキー。恐喝には耐えるしかない。ただ、段られたら警察に通報することにしよう」と言い、その時に先生と交わした守るべきこと、知るべきことを箇条書きにした紙を作ったのですが、数日経って捨てました。もちろん全てが自己責任論者としての文章だったからです。この人のやっていたことは、以前テレビニュースで批判された、児童相談所の職員が、警察に行くように諭し、子供を追い返したという行動に、さらに事態を悪化させるような行動を追加したようなものです。今思えば捨てて良かったです（先生は何も事実を知らなかった上で言ったのだから）。

それから先生は両親にも「親失格だ」とか意地悪なことを言いました。私の恐れていたことを全てやってのけました。この行動のおかげで、ますます状況が悪化したのは言うまでもありません。両親は私が学校に言いつけたせいでその教師に恥をかかされたと言い、私を罵りました。それでも先生は「本来お前が言うべきことを代わりに言ってやった」と言いました。だから、段ることはなくなったものの、他のことは全てやりました。段るふりをして脅したり、怒鳴ったり、監禁したり。

教師のやったことに対しては全くありがたいと思えませんでした。こんな人たちに板挟みにされていたものだから、そして、誰も私のことなんてわかってくれる人はきっと一人もいないんだろうなと思って、たくさん泣きました。実際、私が追いこまれていることを

4

知っている人は一人もいませんでした。家を追い出された日に、携帯の契約を打ち切られてしまったので、その泊まった時には泊まっていた友達としか周囲との繋がりはなかったし、家に帰ってからはその子とも繋がれなくなってしまいました。父にも家のネットを私の分だけ切断されてしまいました。貯めたお金も取り上げられました。こうして両親は、私が助かる手段を、一つずつ徹底的に排除していきました。

　両親以外の人間関係を全て排除されました。その間、幾度も「恥をかかせやがって、消えてくれたらいいのに」って言われました。恥ずかしいのは私の方なのに。あの頃は、これからも私はたった一人だけで、30歳になるまで実家にいて欲しいと言われていたので、あと10年以上こんな生活をしなきゃいけないのかと思うと悲しくてご飯も食べられなかったし、不安で夜も眠れなかったです。ネットに繋がらないケータイを私はまだ持っていたので、登校謹慎の学校帰りに、一日2分ずつだけ通学路にあるお店のネットにこっそり繋いで、辛うじて友達からのメッセージを受け取り、この辛い日々を耐えていました。24時間中唯一の私にとっての大切な時間になりました。たわいもない話のできる友達がいてホッとしていました。母はそれに気づいていたのかわからないけど、毎日のように「親に恥をかかせるような親不孝な人間に友達なんていない！　仲良く見えても都合よく扱われてるだけで、本当の友達なんていないから」と言ってきました。怖かったです。友達に失礼だと思いましたが、母の言うことが間違っているとは言いだせませんでした。だから友達に罪悪感でいっぱいになりました。でも睡眠も食事もまともに取れずに弱っていた私は、意識もしっかりとしていなくて、こんなに私のことを想ってくれている両親が言うんだから本当にわたしには友達がいないのかもしれないって思いました。両親はいうことを聞けば友達もたくさん増えると言いました。

　そして、「お前がこんなに親に恥をかかせても、家にいさせてあげるんだからありがたく思え」「こんな親不孝なゴミを飼ってあげている私たちは慈悲深い」と言いました。こんな人たちに支えられて生きているんだなと思うと悲しくなりました。私は何かに飢えていました。とても寂しかったし、悲しかった。世界は、私の命を犠牲にして出来ているのだろうと感じてしまいました。でも両親がいなかったら私は生きることができないし、その時は素直に、こんな私を飼ってくれてとてもありがたいと思いました。生かしてくれるだけでありがたい。ただのお金のかかるゴミでしかない私にできるせいぜいの仕事は、両親になにを言われても耐え、彼らの望む返事を与えて満足させることなのだろうと思いました。両親は私をいたぶるのを心の支えにしていました。いま思えば、私をこんな惨めな気持にさせていたのは他の誰でもなく、私自身でもなく、私のことを"世界で一番愛していた"はずの両親だったんですね。

　しかしこれ以上酷いことなんてないと思っていた矢先、さらに追い討ちをかけるように今度は
「ケータイを取り上げるか学校を退学になるかどっちかにしろって学校が言うんだけど」
などと脅しをかけてきました。LINEやTwitterに学校側がアクセスしたから私が何をしているか全部親である自分たちも知っているなどと言いました。そして、私の素行不良で今までの出来事が職員会議にかけられ、本来なら退学にすべきところを、今回たまたまあの横暴な態度を取っていた先生が私の懲戒退学から救ってくれたと言うのです。この言葉

が何よりも怖かったです。私のことを努力せず舐め腐っているなどと言い、話もろくに聞かず罰を下すような教師が私のことを救ってくれたなんて。こんな人にしか助けてもらえないなんて。LINEも全部把握されているなんて。いま冷静に考えればそんなおかしな話はないと思うけれど、私は両親の言うことを信じました。そうしなくてはいけないと思ったし、心が折れてしまって本当のことかどうかを考える余裕もなかったんです。私は退学を選ぼうとしたけれど、父が強く拳を握り、振り下ろすふりをするのを見て、仕方なく携帯を渡しました。もう最悪でした。本当に死のうと思ました。もう誰も励ましてはくれません。1日のうちのたった2分の自由まで奪われたんです。

それからは優しい先生にこっそりボイスレコーダーを借りて録音する日々が続きました。もし、これが見つかったら多分学校を退学になるのだろうと思うと怖かったです。私は家の中でも極力両親と顔を合わせないように過ごす日々を送っていました。家にいることさえ苦痛なのに、食事の時は顔を合わせなくてはいけません。顔を見ると何を言われるか分からなくて怖かったです。目を見ると絶対に何か傷つくようなことを言います。未だに人と顔を合わせるのが怖いです。今度はどんな意地悪なことを言われるんだろうといつも無意識に身構えてしまいます。どんな優しい人でも、もしかしたら私の両親のようになってしまうかもしれないと、そう思ってしまいます。

そんな中、一度、勇気を出して祖母の家に行こうとしたことがあります。結果から言うと失敗しました。その日は留守だったんです。寒かったし、雨も降っていたし、6時間くらい外で待っていたけど留守だったので諦めて午後10時に家に帰りました。帰って「おばあちゃんの家に行ってきたよ」と言うとまた父と母の"ありがたいお説教"が始まりました。

夜の10時に疲れて帰ってきたのに、2時間以上立ちっぱなしで怒られました。怖かったです。怒鳴ったり、ガラス瓶や鈍器で殴るふりをして脅したりして、また洗脳をかけようとしました。両親にとって、祖母にこの家の実情がばれてしまうことがなによりも怖いことだったんだろうと思います（この時の録音も何回か聞きましたが、両親とも支離滅裂で、言っていることが定まっていませんでした）。脅しにはもう騙されないようにしようと思って、ただ黙って聞いていました。

「お前がいるだけでこっちが迷惑だ。早く卒業したら二十歳になるまでは家にでもこもっていたらいい。家から出るな。また人に迷惑をかけることをする（その人っていうのは他人じゃなくて自分たちだけで、自業自得なのに）。そして、二十歳になったら出て行け。日本の法律では二十歳まではお前は俺の監視下にある。だから何をやっても良い。殴っても蹴っても本当はいいはずなのに、同情を引いて媚びを売ることしかできないお前がいかに情けないか考えてみろ」

その間何度も殴るそぶりなどを見せたり、私の顔の近くまで顔を寄せて、怒鳴りつけたり、足を踏みならしたりするなど、殴る以外の行為をほぼ全てやってのけました。

この人たちの言うことが滅茶苦茶だって初めて気がつきました。17年半も騙されていたんだなぁと思いました。このことに気づけたのは自分でもとても立派な前進だと思います。それと少しホッとしました。もし両親の言うことが本当の世界だったら、きっとこれからもつまらないだろうなと思ったからです。恵まれているのに毎日コンビニ食だし（丁

寧なご飯だったし作ってくれていたことの方が断然多かったのですが、この時期は毎日コンビニのイートインでした）、本当の友達なんていないと言われるし、こんなに私の自由を奪っている人たちが私のことを一番愛しているというのだから、そんな辛いことはないと思いました。周りの人たちはもっと自由で開けているように見えてしまいました。

そして『私も恵まれているのに』周りが羨ましく見えてしまう傲慢さを嫌いました。全部刷り込みだったし実際はそんなことなかったです。両親とも高い車を持ったり、私が恵まれているなど常日頃から言い聞かされていましたが、わたしは贅沢なんてしていません。私はそれまでの 17 年間でもう十分辛い思いをしました。それからは録音して耐えるみたいなことを二週間続けました。四月に入ってから学校も始まりました。それまでに私は毎日、学校のパソコンを使ったり友達に携帯を借りたりして、Twitter で両親の言ったことをそのまま記録、発信し続けていたのですが、始業式の日に学校の先生に呼び出されます。

先生たちが「なんで Twitter に嘘ばかり垂れ流すの」と言うので驚きました。私は先生たちに「全て父と母に言われたことをそのまま書いただけです」と伝えました。そこで初めて、先生に両親が滅茶苦茶だったことを分かってもらえました。先生が先日、何時間もかけて父と母に話したのにもかかわらず、両親はちっとも自分のしてることが間違いだって分かってなかったんです。

しかも「ケータイを取り上げるか退学か選べと学校が指導した」という両親のことばも嘘だったとわかりました。先生たちも驚いていました。そして登校謹慎にした先生は、（今まで自分の行った対応のせいで一部状況が悪化したのはあったので）子どもシェルターを探してくれるという話をしてくれました（しかし、私はその後一年近く先生の情報を待ち続けたけれど、先生は未だに放置で何も教えてくれないままです）。

担任の先生が私に尋ねました。

「親御さんと僕がこの前話した時、何度も『昔はいい子だったのに』って言ってたんだけど、昔にも暴力はあったわけだよね」

「うん」

「元に戻ればいい子になれるとか思ってない？」

「少し思った」

「まぁそんなことないんだよね。小さい頃はまだ貴女も幼くて、防御とかも知らない従順なときだったから、ただ記憶が美化されてるだけなんだよ。絶対元に戻ろうとか思っちゃダメだよ」

それから、先生はひとつ教えてくれました。

「透子さん、いま寂しくないかな。ひとりぼっちだとか思っていないかな」

涙が出ました。すごく寂しかったから。

「ひとりだと思います。もうどうでもいいです。いなくなっちゃいたいです」

それを聞いて先生が恥ずかしそうに言ってくれました。言いにくいことなのにちゃんと言ってもらえることって、ありがたいことなのだと思いました。嬉しかったです。

「あのね、もし貴女が消えたりいなくなったりしたら、誰が悲しむと思うかな」

普通ならここで親って言わせて、だから生きろとかそういう話になるんでしょうけど、話の流れとして、ここで親って出てくることはないだろうから、その時のわたしには分からなかったです。強いて言うなら「都合のいい友達」しか思い浮かびませんでした。
「えー……。わかんないのかぁ〜……」
「ごめんなさい」
「ううん。仕方ないよ。まずね、貴女が死んだらたぶんまず僕はたくさん泣きます。それに、今まで貴女と関わってきた友達、たくさんいると思うけどみんな泣きますよ。こんなに僕に手をかけさせておいて勝手に死なれたら悲しいです。友達だってそうです。たくさんの人の人生にたくさん関わっておいて、勝手に死んだりしないでください。自分の人生に責任もってください」
　ほっとしたのと、嬉しいのと今まで気づけなかった悲しさとで泣きました。私が大切にしようと思ったのと同じように、友達も私の事を大切にしようと思ってくれているんだ。先生は「わたしには本当の友達なんていない」という両親とはまったく正反対のことを言っています。今までだったら先生の言うことは両親のよく言う「ただの理想や綺麗ごと」に聞こえていただろうけど、その時までには私は色々なことを知り、すでに前進して、先生の言ったことはきっと本当のことなんだろうなと思えるようになっていました。その時に決めました。これからは自分に優しくしてくれる人とだけ仲良くなろうと思いました。関わる人を選ぶことは別に悪いことでもないし、自分の都合のいいところだけ切り抜いているわけではなくて、みんなそうするものなんだってわかったからです。親であってもそうなのかもしれません。愛してくれる人、大切にしてくれる人は誰だって構わない。現にわたしには今、大切にしてくれたり、あたたかいことばをかけてくれる先生がいるのです。ひとをしあわせにしてくれるものや、ことば、そして人に、私は命を助けられました。その日に今までのことを記録に残そうと思い立ちました。そして、7月、10月と少しずつ足しました。公的な機関に行くことはちっとも恥ずかしいことではないし、自分の身を守ることにもつながります。以下がその先生と話した日に書いた幼稚園の頃からの記憶です。なのでさっき上に書いたことも混ざっていると思います。

今覚えていること

　幼稚園の頃からもうすでに私の家には暴力があったように思います。友達と胸ぐらを掴んで喧嘩しあうなんてことがあったみたいですが、その時に幼稚園から帰ってきて何度も胸ぐらを掴んで床に叩きつけられたことははっきり覚えてます。何か欲しいと言っただけでわがままだと言って手が出たりしし、何か買ってもらっても、小学校お受験の問題が一問解けないだけで「昨日どうしていいもの買ってあげたのにこれが出来ないの」なんて責め立てられました。右と左が分からないだけで大声で怒鳴る。出来ないものは出来ません。仕方ないのに、そう言って手を出したりします。怖いから両親の出す問いに答えることができなくなったときもあります。ひとつでも分からなかったり、口ごもるとすぐに「バーカ！」って大声をだして怒ります。二回間違えると確実に殴られます。馬鹿なので

仕方なかったんです。私は普段は大人しくて良い子だと幼稚園で評判が良かったので、正しいと勘違いした両親の間違った教育方針はここでさらにエスカレートしていきました。

　あとはスキーなどに出かけて、重いものが運べないから悪い子だとか言って車に投げられて、顔から落ちたので鼻血が止まらなくなったりしました。そのあと車に放置されました。少し経って両親は戻ってきましたが、その間にお座敷車だったから、カーペットが真っ赤になっちゃって、さらにそれを見た父と母がカーペットを汚すなって言って段ったりしました。そしたらもっと出血しました。それで、また気に食わなくて手を出して、血が止まらなくて、手を出して……。

　小学校に入ってからはもう滅茶苦茶でした。ほとんどの記憶が抜けていてあまり覚えていないですがそれでもまだ覚えている分だけ書きます。遊園地で写真を撮るから自分のところに来てって言われたけれど、並んでいないといけなかったので行けないと言ったら、その日の夜と次の日にかけてたくさん段られたこと。新聞紙でたくさん段って、手が真っ青になりました。関節が動かないくらいで済んだので運が良かったんだと思います。何度も父が「お前が悪いんだよなぁ！」って言いながら段ってたけど、今思えば私はちっとも悪くありません。ほかの大人に言われたことをそのままやっただけです。写真なんて終わってからでも撮れるし、無理なことを言って遂行できないと段るのはおかしい。でもその時は私が悪いんだろうなと思いました。痛くて泣くと、「こっちの方が泣きたいよ」と言いながらさらにもう一発。泣くのをやめるまで段りました。こうして、私は泣かなければママもパパも許してくれるんだ、と学びました。だから、強くなろうと思いました。強い私だから、痛くても鉛筆を握るし、痛くても自分の手で食事をとり、痛くても我慢して学校へ通いました。痛くても体育の授業は出るし、綺麗な文字を書くように気をつけました。

　他にも私の精神年齢が3歳児くらいだからとか言ってオムツ履かせて学校に行かせたりしました。学校のみんなに見つかって笑われたりしないか心配でした。だから、いつも友達と距離を置いていました。帰宅したあと、母は私にやった仕打ちをたまに謝ってきたりしました。それでもやはり、その罪悪感は行為を辞めるまでには至らず、この罰は機嫌の悪い朝、気が向いた時に行われて、10歳過ぎまで続きました。あとは私が何か悪いことをした時に、泥棒だと言って車の中に何時間も放置されたことがあります。

　その後もふと思い立ったように泥棒と同じ空気なんて吸えないとか言って家の外に放置されるなんてことがありました。日常茶飯のことです。雨が降っていても関係ないです。寒いと言っても家に入れてもらえませんでした。当たり前です、悪いことをしたんだから（今思えば何が悪かったのか分からないけど）。泣いたら怒るし、どうしようもありません。どんどんそういうことがエスカレートしていって、小学校二年生に差し掛かる頃には髪の毛がバサバサ抜けてしまって、痕が残るようになりました。母は頭皮が丸見えなんて恥ずかしいと言って病院に行きました。私の髪が抜けても両親は自分たちが原因だとはちっとも思っていませんでした。そして、異常だという認識もしていませんでした。学校に疲れたくらいにしか思っていなかったんです。いや、本当は両親は自分たちが原因であることに気づいていたのかもしれません。でも、私に学校で悩みごとがあることのせいにして片付けてしまったんです。罪悪感を感じたりしたくなくて、逃げていたんだと思いま

す。それからは私を殴る罪悪感や、髪が抜けるほどストレスを受けさせていたことを、私の小学校での人間関係のせいにすることで和らげるようになり、とうとうタガが外れてしまったのかますます色んなことをするようになって、常に脛にアザができるようになりました。小学校の制服は基本夏は靴下だったけど、私だけはタイツを履いていました。その頃母が一度目を患ってしまって、入院したことがありました。それからはよく家事で洗い物をするようになったのですが、そのスキルは非常に役立ちました。両親の機嫌が悪い時は、皿洗いをすれば許してくれる時もあるんです。でも特に機嫌が悪い時はそれも虚しく、家族3人で出かけてしまい、仕方なく洗い物をして『ママのお仕事の分、洗い物しておきました』と置き手紙をおいて先に寝ていても、父がわざわざ夜中に起こしに来て「こんなこといちいち書いてもママは許したりしてくれないから」と言いました。幼い頃は手の皮膚がとても弱かったので、洗剤でたくさん傷ができてしまいました。学校ではプリントに手の血痕が付かないように工夫してノートを書きました（先生にも汚いと言われたので）。皿洗いをして、やり直しさせられたり、お風呂掃除をして、やり直しさせられたり、部屋掃除をして、やり直しさせられたり。毎日、働いている間は殴られる心配がないからと我慢していました。

　父がゲーム機を買ってきた日も、殴られました。4人で楽しんでゲームをしたかったのですが、父が私のことを少し乱暴に引っ張ったので「痛い」と言っていたら、謝るどころかしつこいと言われて殴られました。痛かったけれど立てなくなるだけで済んで、どこの骨も折れなかったので感謝しました。そして、私のせいで楽しい時間を潰してしまったことを申し訳なく思いました。

　三年生になる頃には学校の教師に爪噛みを指摘されてネタにされ始めました。この歳になって学校のかばんはランドセルになったのですが、それからは毎朝大変でした。母がいつも私のかばんの中身を二階のリビングから道路に捨てるようになったんです（弟がこのことをされたことは一度しかありません）。大きな道路に接していますから、車もたくさん通ります。轢かれそうになりながら、通りを歩く人に見られて恥ずかしい思いをしながら拾いました。車に轢かれてボロボロになった教科書も何冊だってあります。恥ずかしくて学校に持っていけないなとも思ったこともあります。それでも学校には通い続けました。相変わらず気持ち悪い子だったので友達もいなかったけど（というか少しずつ疎遠になってしまった）意地悪なことを言われたり、突然殴られたりするようなこともなく安全だったので、学校にいることは家にいるよりずっと幸せなことでした。

　爪を噛む癖も悪化してきたから友達なんていなかったし、先生も一緒になってバカにしてました。アザを見ても学校の先生は気づかないふりをしました。卑屈で無駄に細い子に話しかけるのも面倒なので。教師は虐待に気づいていたと思います。でも母はそんな私を見て、ある日「親にもらった大切な身体を傷つけるなんて頭がおかしい、親への侮辱だ、悪魔だ」と言って、大切なことを一つ教えてくれました。私の爪を見て気持ち悪がって家で嘔吐した子がいるということです。今思えばそんなこと絶対うそに違いないんですけど、その時はわからなかったです。自分じゃわからないことを教えてくれた母に感謝しました。

　とうとう私のせいで嘔吐する子まで出たのか、と思いました。申し訳ないと思ったし、恥ずかしいしで学校を休もうかと思ったけど、母が「恥さらして罪でも償ったら」なんて

言うので通い続けました。そんなんだから、癖も治るわけないと思います。それに本当に嘔吐した子がいるなら休ませるのが普通だと思います。誰なのかも教えてくれなかったし、やっぱり嘘だったんですよね。

　ある日、父から矯正するためにと言って、夜寝る前に鏡の前に立たされて、いきなり「爪を噛んでみろ」なんておかしなことを言われました。もちろんやったら殴られます。でもやらなくても殴られます。仕方なくやりました。それを見て父はまた色々なことを言いました。この頭の悪そうな気持ち悪い顔を周りに見せて生きているということをいい加減自覚しろ、みたいな内容だったと思います。それから無抵抗な私をまた殴りました。

　普段からとてもブスで醜いから、こんな状態ではそばにいるだけで申し訳ないと思いました。出かけるときは、両親に申し訳ないので、少し離れて後ろをついていくことにしました。旅行に出かけた時に、旅先で爪をいじってしまっただけで、両親は何日間も私の存在を無視し続けたりしました。弟には「かわいいね」って言って手を振ったり写真を撮ったりして、それについていって私が甘えようとすると、睨みつけて無視をするということを繰り返しました。話しかけても一切無視。これは彼らなりの教育でした。「やりたくなかったし話しかけたかったけれど、そうしないとわかってもらえないから」と言っていました。我慢できなかった私に落ち度があったと言うのです。そんなの、ただの言い訳だろうと今となってはわかります。

　小学四年生の頃には初めて顔にアザを作りました。逆に今までどうして顔に作らなかったんだろうと思いました。母は顔を殴ると父が怒ります。「どうしてバレるような場所を殴るの、恥ずかしいからやめてよ」って。

　せっかく楽しい旅行をしても、旅先で（しかも海外）わざとはぐれて迷子にさせたり、色んなことがありました。でも必死に両親についていけば、どうにか助かります。家に帰ることができます。両親がいれば安心です。時々殴ったりしても、飢え死にすることはありません。そうして、操ることによってどんどん私の家では新しいルールが追加されていきました。両親の機嫌が悪い時は十を数える間に来る。そして殴られる。盗みをすれば閉じ込める（ご飯がない日も本当にたまにでしたがあったので、冷蔵庫の中のものを「盗み食い」したこともあります。お金でもないのに自分の家のものを盗むなんておかしな話ですよね）。

　また、私がなにかすると、食卓から降ろされて、土下座させられたりしていました。残りの３人が食べている間、私はただ彼らを眺めていました。
「土下座させてるのはさすがに良くないから、立っていいよ」
　そう言われたので食卓に着こうとしたら、黙って掃除機を渡されました。

　少し悲しかったけれど、やるしかありませんでした。それからは、土下座させられそうなときは、自分から掃除機をかけるようにしました。彼らの「機嫌を取ってあげなければ、喜ばせてあげなければ。

　いちばん暴力に悩まされたのは小学六年生です。弟が林間学校（？）で出かけた６月のある夜、トラウマになったくらいの地獄を見ます。私が夜にどうも寝付けず、部屋を片付けていた時です。いきなり扉を大きな音を立てて開けて父が入ってきて、私のことを殴りつけました。だから今でも家の扉の開く音や、階段を上る音は少しだけですが怖いです。

11

これらの音は、虐待の合図です。「どうして夜中に起きている」と言って、何度も殴りました。もうやりたい放題、その辺にあったもの全部投げてきました。私の家では殴られる時にルールというものがあって「絶対に顔を覆ったり背中を向けて体を護ったりしてはいけない」というルールでした。でも体を護ろうとするのは本能なので、時々やらないように気をつけていてもやってしまう時があります。ちなみにこのルールを破るとさらに10回殴られました。部屋の隅に追いやって殴るので、もう逃げられなくて収拾がつかなかったんです。我慢すればすぐおわったし、そうすべきだとわかっていたのに、当時の私にはそれが出来ませんでした。逃げ場もないから手で頭を覆ってしまいました。だからなかなか終わりが来なくて、朝になってしまいました。目覚ましが鳴ると父はますます怒りました。ベッドの脇に時計があるのが許せなかったそうです。私が早起きできるように矯正してくれているだけで、私が朝に弱いのがいけないんだなと思いました。夜中まで相手をして直そうとしてくれている父に感謝しました。最後に、時計を投げて（壊して）やっと父の暴力は終わりました。時計は私の腿に当たって割れました。ちなみに暴力の途中で母も入ってきたのですが、一緒になって私の片付けていた部屋を気の済むまで荒らしてすぐ寝てしまいました。時計の当たった私の腿は真っ青に腫れ上がりました。足を引きずらないと歩けなくなりました。朝になって母が起きてきて私のことをまた投げました。お前のせいでうるさくて眠れなかったと言いました。ごめんなさい、と言いました。母は毎朝学校に行く私のために朝からごはんも作ってくれるのに、私はその邪魔をしてしまったんです。そのあとそれで身体を思い切り投げられて壁にぶつかったので腰がおかしくなりました。それから一週間は朝のあの混雑した満員電車に揉まれながら学校行くのが辛かったです。足も腫れているし、立つことすら精一杯でした。でも、睡眠を邪魔してしまったにも関わらずご飯を作り続けてくれる母は本当に優しい人なんだろうなと思いました。だから、そんな母の期待に応えてあげたくて、毎日がんばりました。母は私を可愛がってくれていると思いました。だから、もっと私は強いっていうことを教えてあげなくちゃ。私はこの時にはもう既に何年かちゃんと眠れていなかったと思います。自分は6時半過ぎに起きるのに、わたしには5時くらいに起きて（冬は寒い部屋を温めてから）勉強することを強要していました。この日もそうでした。後日、両親が散らかした私の部屋のものは全て捨てさせられました。捨てられたのではありません。自分で捨てさせられました。裸みたいな格好でゴミ捨て場を10往復くらいさせられました。でも両親はだらしなくて汚い私のためにこの汚い部屋を片付ける機会を与えてくれたんです（全く汚くなかったですが）。この機会を大事にしなくちゃいけないと思いました。一生懸命片付けました。両親に喜んでもらいたくて。

　でも全部捨て終わると、今度は「なんであの高い服も捨てたの？ あの高かったぬいぐるみも捨てたの？ あれもあれも」と言ってまたゴミ捨て場に行かせました。今度は一つずつ言われたものを探さなくてはいけませんでした。ほぼ裸みたいな格好でゴミを漁らせるなんて恥ずかしかったです。脚も腰も痛いのに、さらにこんなことまでするんです。でもその時はまだ両親の行動が間違っているだなんてことには気づいていませんでした。私の日頃の行いが悪いだけで、もっといい子になればこんなことされなくて済むって考えていました。でも「いい子」の定義ってなんでしょう。何もわからなくてただひたすら悩んだりしました。

良い子になれなくてごめんなさい、って何度も謝りました。その度に両親は「許してあげるから」って言いました。いつもこんな情けないわたしのことを許してくれてありがとうございます。これからももっと両親に尽くして大切にしますと心から誓っていました。その後、私の顔がアザだらけになったため、当時通っていた塾にすべてのことがバレてしまいます。そしてある先生が、私が言わないでと言ったにもかかわらず、両親に好き勝手なことを電話で言ったので私は「どうして話したんだ」と余計に怒られて殴られました。大人なんて大っ嫌いって思いました。同時に、尽くそうと決めたはずなのにそれを遂行できなかった自分のことも責めました。

　電気をつけっぱなしで寝てしまっただけで、たくさん殴られて、電気代とか言って毎回千円ずつ貯めたお年玉から抜かれました。中学生になってからは少し収まりましたが、なくなったわけじゃないです。相変わらずひどいことはずっと言ってたし、悪魔だとか言ってました。私のことを呼ぶ時はいつも「あれ」「馬鹿」「金食い虫」のいずれかでした。やめてほしかったです。何があったかはあまり覚えていないですが、大規模な暴力は一年に一回ずつありました。

　中学三年生になってからまた事件が起きました。塾の合宿が高いから行かせたくないと言う母が、行きたいというわたしを責め立てました。「お前には味方がいない」とか「友達なんていないからこうやって謝りもせずヤンキーみたいにいつも黙って突っ立ってんだろ。謝れ」などと意味のわからないことを言って父も一緒になって髪を引っ張ったりして私のことを殴ったものですから、とうとう我慢できなくなって、その時最近知った児童相談所（児相）に行きました。

　行ったその時は児相に行くことなんてちっとも悪いことだと思わなかったけど、やっぱり家に帰されてから、たくさん酷いことを言われました。つい最近わたしが２時間お説教という名の暴力を受けた日と同じようなことです。私が児相に行ったことを嫌がらせだと言いました。それからは怖くなって、公的機関に行くのはやめようと思いました。両親が「児相の人もお前がわがままだって分かってるから。だから通報しないでいてくれたんだよ。やっぱり大人って誰が一番悪いのか分かっているんだよ」と言っていたからです。わたしには味方がやっぱりいなかった（と思った）のです。私は永遠に二人の下で働いて、今まで迷惑をかけてきた分のお金を返す存在でしかないのです（ここでも私は少し学びはじめていて、自分の両親がしていることを少しずつではあるけど間違っているということに気づきました）。

　結局、私は合宿には行けませんでした。弟は私と同じ学年のときに行ったそうですが。悲しいと思いました。

　模試の前日などに殴られたりして、当日身体を引きずりながら受けたこともあります。二年生から三年生になる時に60センチも髪を切ったのは、髪を引っ張られるようなことをなくすためだったのに、実際あまり意味はありませんでした。

　母は、弟ばかり可愛がっている自分に気づいていました。お金や食べ物をみんな平等に与えてくれますが、だからこそ「全部等しく与えているから問題ない」と言って、弟ばかり可愛がったり、私を睨みつけたりいじめたりする癖は変わっていませんでした。

　自分なんていなくてもいいやって何回も思ったし、親からは「お前なんていなくていい」と何度も言われました。さっきも少し自分を責めたり、死ぬことを考えたりしたけれ

ど、担任の先生に言ってもらったことを思いだすとなんだかいなくなっちゃうのももった
いない気がします。中学生の最後、受験に落ちた日は、本当に悲しかったです。合格発表
の日に都内のレストランでランチをすることになっていましたが、悲しくて泣いてしまっ
たし、食事をする気になれませんでした。キャンセル料がかからないので私だけでもキャ
ンセルしたいと申し出ました。両親は力ずくで私のことをそのレストランに引きずり込み
ました。それでも私は帰りました。そして、その時に通っていた塾に行きました。先生た
ちは慰めてくれたし、私のことをよくやったと言ってくれました。17時くらいまでそう
していたのですが、電話がかかってきて、怒鳴った父に無理やり帰らされました。塾に
行ったことをとても責め立てられました。落ちたのに恥ずかしいだとか、みっともないと
言われました。そして、反省しろと言って、残りの3人はさっき美味しいお昼食べて帰っ
てきたばかりなのに、落ち込んでいる私に留守番をさせてまた楽しそうに出かけて行きま
した。受験に落ちた日の夜は、遅くまで泣きながら留守番していました。右脚の痣はその
時に、ぼーっとしてしまい、火傷して作ったものです。

　そのまま高校生になってからもいろいろなことが続きました。ご飯を食べるときは一緒
に食べるというルールがあったのですが、それは私にとってはただの苦痛でした。家族で
はご飯を食べる時にしか一緒に席につくことがないので、その時を狙っていつも意地の悪
いことを言います。今もそんな感じです。だから家でご飯を食べるのはあまり好きじゃな
いです。最初は無意識に身構えている自分がいることに気づいて、今度は身構えなきゃい
けない自分を作り上げたこの環境に疲れてきてしまいました。あと一年我慢しなくてはい
けません。耐えきれるかわかりません。不安でいっぱいです。つい最近も殴られたばかり
です。写真だけ撮ってあって、保存してあります。

　一度体調を崩して、学校に病院に行くように言われたので行ってみました。身体に不調
はありませんでした。母にそう言うと「また現代医療お得意のストレス？　笑うんだけど。
家でいじめられてるとか言わなかったの？　キャハハ！」とか楽しそうに言っていました。
私を試していました。そこまでしても私がかかりつけ医に虐待を受けていた事実を話さな
いだろうとタカを括っていました。言ってやろうかと思いました。その時だけはとても腹
が立って殴りかかりそうになったけれど、何も言わずに、何もせずに、黙っている他あり
ませんでした。何か正しいことを言い返したところで、さらに滅茶苦茶なことを言われて
人格否定されるだけです。私の望むことは何一つ起きないのです。

　学校の行事で3年の4月の終わりに湘南に行った時ほど心細いときはありませんでし
た。携帯も持たされていないのに、江ノ島まで電車で一人で行かなければなりませんでした。
みんな携帯を持っているから、友達と約束を取り付けて電車に乗れたのに、私だけは
一人で行くしかありませんでした。江ノ島は綺麗なところでした。とても綺麗な景色で、
もしケータイを持っていたら写真を撮って、家に帰ったら両親に見せてあげたいと思って
いました。みんなは携帯でたくさんの写真を撮っていました。私は携帯を持っていないの
で、ただみんなのことを眺めていました。2ヶ月近く両親と話していないし、こんな惨め
な出来事があってもなお、良い出来事を両親と分かち合いたいと、そう思いました。日焼
け止めと、シロクマのぬいぐるみを買いました。可愛らしくて気に入っていました。家路
につくときには、少し走っていました。早く今日のことを話したいと思いました。

でも、家に着いても誰も口もきいてくれませんでした。綺麗な海の話も、岩屋洞窟のお願い事の話も、できませんでした. ただ、突っかかるような言い方で「何を買ったの？　お釣りはそこに返せ」と言われました。私は先程親と話せるかもしれないと期待してしまった自分を恥じました。自分から離れようと思ったのに、なお期待していた自分を情けないと思いました。
「日焼け止めとくま（のぬいぐるみ）」
と言うと母は怒鳴りました。
「余計なもの買わないでくれる？」
　そのあと、あんなにお腹が空いていたのに一口も食事が喉を通らず、両親に期待した恥ずかしさと悲しさで自室で少し泣きました。三人はテレビを見ていました。父も弟も、母が怒らないので、私がいない方が楽しそうでした。父が「泣くな。うるさい、気持ち悪い」と言ったので、イヤだと言いました。私は悪くないと言いました。そしたら、私が逆らった罰として父に顔を段られました。口の中を切って血を吐きました。これも、全て録音してあります。
　色々な辛いことがありましたが、一番辛いのは両親と笑い合ったりする時間が私にも多少なりともあったということです。でも、今後はそんなことを夢見たりはしません。両親と一緒に心からなにかを楽しむことがどんなことなのか想像できません。一緒に家族で色んなことをしてきたけれど、いつもなにかに怯えていたように思います。何も楽しくなんかなかったです。私は今書いたことを二度と会わなくなる日まで絶対に忘れてはいけないのです。あの現代文の女教師と話し合ったメモを反芻するよりもよほど大事なことだと思います。
　実は録音を始めてからわたしの中でいい変化がたくさんありました。今までは意地悪なことを言われたらただ黙っていることしかできなかったのですが、今では、これを聞いて耐えることが出来たら証拠が一つ増え、より周りに助けてもらいやすくなると思えるようになりました。だから少し心にも余裕が出来たと思います。私自身の心の中ではなく、ボイスレコーダーに記憶させるようになって、いろんなことが気にならなくなってきました。これからも続けていきたい。
　録音は本当に素晴らしいです。ボイスレコーダーとは、ただ証拠が残るだけではなくて、唯一、暴言の内容を全て逐一記録し、自分の身代わりになってくれる相棒です。死ねと言われたら、そのまま残る。証拠があるんだから、私の脳は聞き流してオッケーです。少し辛いかもしれないけれど、また１ポイント貯まった。またポイントを貯めるまでもう少し我慢しよう。ポイントの上限や、これだけやれば大丈夫というはっきりしたことはわかりませんが、あればあるだけ証拠として使えます。今までは、ただ耐えるためだけに吐かれていた暴言や暴力も、録音をとることで、自分に有利に使える道具に変わります。我慢すればするほどそれは強力なものになります。録音をしていないと、頭の中で、こんなことを言われたと無意識に覚えようとします。そうすると、いつのまにか自分のことを傷つけてしまうことにも繋がります。自分の辛い経験を、そのままにしてはいけないと思うのです。どんなことも未来を生きるための糧にしよう。今後、私はたくさんの行動を起こすことになるわけなのですが、その原点にはこの意識がありました。だから、シンプルで

すが、録音をとってください。何度でも言います。録音をとってくだ　　　　　には、人間らしい人生を送る権利があるのです。意識が変わった瞬間、貴方の人生は変わります。夫に殴られていたり経済的に脅され続けている女性、弱みに漬け込んで言うことを聞かせようとする親など、とにかく DV においてはたくさんの人に使える、とても有効な方法です。安いものもありますから、買ってください。買えない人は、友達に事情を話すなり、Amazon のほしい物リストに入れて、Twitter や Instagram のフォロワーに状況を説明し買ってもらってください。あなたの命が救われれば、どんなやり方でもいいのです。そのためなら、みんなは絶対に助けてくれます。

　私は、あの人たちを、いまだに許せないと思ってしまいます。いくら謝られても、裏があるのだろうと勘ぐるし、いつか「こんなに頭を下げてやっているのに」と思われてしまうのではないだろうかと思うと、信じることはできません。

　私はそんな中でも、愛情を持って接してくれる人たちをたくさん見つけました。だから、わたしも人に対して愛情をたくさん与えたいと思っています。きっとそうすれば、自分は一人ではないと考えてくれる人がたくさん増えて、辛いことがあっても乗り越えるきっかけになります。そして、いずれみんなが幸せになれます。私の愛がもし私に返ってこなくても、きっと他の人がこれを受け取って幸せになってくれる。それがもっと連鎖して、素敵な世界になってほしいなと思います。だから、私たちのことを少しでも悪く言う人たちのことは気にしなくて良い。まずは自分のことを大切にしてくれる人だけを大切にしなくちゃいけないと思います。私は、私のことを大切にしてくれる人を守るので精一杯です。私のことをいじめる人たちを大切にする余裕はありません。私は私のことを大切にしてくれるみんなを、心から愛しています。

　このことがあってからたくさんのことを知ったと思うし、まだ足りないかもしれませんが、今までよりもずっと自信がつきました。18 年間で失ってきた何かを今取り返しています。私は一人じゃないし、友達の人生に立派に関わっているし、意地悪な人でもない。私のことを大切に想ってくれている人はたくさんいて、一緒にいるだけでも楽しいと言ってくれる友達やわたしのために一緒に悩んでくれる人たちがいて、自分はたくさんの人に大切にされているんだということを知れただけでもこの一年はとても実りあるものになりました。両親ともこれから別れることになるし、寂しいこともあるかもしれませんがとっても幸せです。担任の先生に教えてもらったことはずっと忘れないでいたいと思います。今ではちっとも自分なんていなくていいや、なんて思いません。これからもそんなことは思いません。親の言うことが聞けないから親不孝とはいっても、無理なことを突きつけられて、それができないのは仕方のないことです。両親は言うことを聞かないと私が不幸になるとよく忠告しますが、そんなことはないと今では分かっています。言うことを聞いても幸せになるのは私ではありません。両親です。言うことを聞いたって絶対に両親の心は満たされることはなくて、また私の心を消費します。両親は新しい課題を突きつけて、私がそれをこなして、の繰り返しです。

　私は本当に恵まれているなと思いました。18 年間生きてきて、一度も道を踏み外すことなく、沢山の人達に支えられて、ここまで生きてくることができました。いろんなこと

があったし、時間もかかっちゃったけれども、本当のことに気づくことが出来ました。今後幸せになるためにはもう十分なほどです。歳を取るにつれて、体感時間が短くなっていくそうですが、体感時間でいうと、0歳から19歳までの19年と、19歳からそれ以降の人生はほぼ同じ長さだそうです。まだ折り返す前に気づくことができてよかったです。私はまだまだ色んなことができます。将来を選ぶことができます。今までだったら気づかなかったけれど当たり前にそこにあったことに気づかせてくれた先生、友達に感謝でいっぱいです。

　昔は自分のことをダメな人だと思っていたし、価値がないと感じていました。でも、そんなことありません。私は生きていて良いし、生きていくために必要な親の愛情すら貰えなくても、こんなに元気で、人より強くなりました。これはきっと一生武器になる財産だと思っています。親に愛されないことは引け目に感じることではないし、むしろ、その中で育ち逞しくなったことを誇りに思っています。

　友達は誕生日を純粋に祝ってくれます。今まで両親には、祝ってやったから言うことを聞けとかそんなことばかり言われてきたので、誕生祝いのない年はそれはそれで気楽でした。今年は、生まれてきてくれてありがとう、なんて内容の手紙をくれた子もいました。そういうことははじめて言ってもらえたので、とても嬉しかったです。ありがとうって言ってくれる人がいるなら、生まれてきてよかったなとも思います。私は両親の重荷とかではなくて（両親にとっては重荷かもしれないけれど）、ひとりの人として、たくさんの人に愛されてもいいんだと気づきました。わたしも時々他の人に迷惑をかけてしまうこともあるかもしれないけれど、でも重荷ではないし、要らない人間でもないんだなと思えました。今ではたくさんの優しい人たちに好きになってもらえる自分のことが大好きです。これからも私はたくさんの人に愛されて生きていくんだなと思うと今後が楽しみです。

　以上。これが、高校生の時に書いた文章。でも、もちろんこんなぬるい話で終わるわけがない。本当はもっと厳しい世界が待っていて、それがこの続きであったりするのです。その後、私は家を失い、道端を彷徨ったり、漫喫を渡り歩いたりしていました。

2　地獄の18歳19歳。誰もあなたを守ってくれることはありません。法律すら、親の味方です

　この章で特に役立つと思われる内容は、①住民票の閲覧制限について　②親なしで家を借りることは可能か　③保険証について　です。

　今お困りの未成年の方、そして、今法律に苦しみ、大変な思いをしている方に向けて書きました。世の中には様々な法の抜け穴があって、国家として成熟した現在であっても、いまだにそういった法の抜け穴が解消されていないのです。その具体的な一例として、こちらの例を挙げています。そういった弱者を利用する法の抜け穴への警鐘としての思いも込めてこちらを書いております。

ですから、よろしければ、児童虐待というものは、それを現に受けている子どもたちだけでなく、虐待の終わった後も尾を引くという事実を、こちらを読んで理解していただき、できるかぎり世の中の多くの人たちに知っていただきたいのです。

　私の脱出劇は、どん底のところから始まりました。まずいかにひどかったかをお見せします。これをお見せすることで、こんな状態でもできるんだ!! という成功マインドを手に入れていただき、実行に移していただきたいのです。また、戸籍や書類上のことも書いておきます。書類上では、私の家庭には何の問題もないことになっています。児童相談所に行ったこともあるのですが、両親は地域で学校検診のボランティアを申し出たり、身体障がい者の検診も定期的に行っており、周囲からは慈善家として扱われていました。で、なぜか私の相談記録も揉み消されてしまいました。児童相談所に行ったけれど無駄で終わった、むしろそれ以降虐待は悪化したということです。また、私は逃げ出す直前まで実家にいたということになっています。デメリットが多すぎますね。

　さて、実家を飛び出し祖母にかくまってもらってから、暴言や暴力はなくなったものの、当初想定していた以上の地獄が待っていました。まず、祖母は月に2万円しかくれませんでした。一ヶ月の生活費です。食費はもちろんのこと、生理用品やコンタクトの洗浄液、下着、本など全て合わせてこの金額でやっていました。無理です。いつもお腹が空いていた1年間でした。食事は、祖母が一緒にいる時にたまに作ってくれたりしたけれど、祖母は平日はほとんど帰ってこず、休日だけ一緒にいるというスタイルだったので、自分でどうにかしなければいけませんでした。バイトは禁止でした。もし私に金銭的な自由ができたら、何をするかわからないからです。明らかに少ないので、一度苦しいから値上げしてほしいと言ったけれど、あげてもらえなかったのでこれで我慢しました。他の孫は、比較的大きな額をもらったりしているのに、私に対しては、2万円で限界、苦しいということでした。ここに来るまでの金はほぼ0からスタートです。

　祖母のことは好きでしたが、正直、祖母にはいさせていただいている感覚が強すぎて、また、両親にも祖母に迷惑をかけるなということをずっと言われていたので、一年間ほど居候していましたが結局何もねだれませんでした。最後の方は、春物の上着しか持っていない寒そうな私を見かねて、祖母の方から「コートを買おう」と言ってもらったのに、断ってしまうほどでした。いない方がいいのに、肩身が狭い、申し訳ないという気持ちが着々と募っていく一方で、お金はゼロ。少しずつ私の焦りは募っていく一方でした。

　祖母は、私が逃げ出す前まで私のために500円玉貯金をしていたのですが、私が将来建築に行きたいと言ったら、だったら渡さないと言われました。たしか90万円くらいだったと思います。なぜ私がそれを知っているのかというと、金額を数えさせられたからです。医学部行かないなら渡さない、渡すなら男の子にと言って、私に渡すはずだったけど渡さないお金を数えさせられました。惨めでした。こんなに惨めだったことはあったでしょうか。まぁ、この後もっと惨めなことが続くんですが。ちなみに2018年に服や薬、食費、交通費など私の生活費にかかった金額は全部合わせても絶対に30万円に満たないくらいなので、それがあれば3年も生活できるという、それだけの大金でした。数えた後、祖母は触らないでねと言って、しまいました。やっぱり、2万円ではゴムの切れたパンツがせいぜいです。とはいえ祖母にはお世話になったので、いまだに、何も言わず家を

逃げ出してしまったことなどを後悔しています。ですが、そういった別れも、私の人生の中には必要でした。生きるためにはやむを得なかったのです。

　その不安な中で一年やって来たけれど、かねてからの信頼していた知り合いに泣きながら無理やりいろんなことをさせられた動画を私の両親と祖母に送りつけると脅されたり、いろんなことがありました。警察に行ったら未成年ということで実家に強制送還させられる可能性があったので、怖くて行けませんでした。私がそういう状況にあると知っているから、道具みたいに使うことをやった、あるいはやろうとする大人がたくさんいたのだと思います。そして、それをした人たちは逮捕されないという、私にとっての二次被害です。なぜ、援助交際などに手を出したことのない私が、警察に怯えなくてはいけないのか、心底不思議です（もし援助交際をしていたとしても、児童虐待は許されるものではありません、そう取れる方もいると思ったので書いておきます）。ですが、そういう子どもたちは思ったより多いのではないのでしょうか。

　未成年の、特に児童でない 18 歳、19 歳の女性は気をつけてください。味をしめた男に本当に利用されます。未だにあの頃のことを思い出して、泣いてしまう時があります。最初は、こんなこと書くのは嫌でした。顔も知られているし、そんなの書くべきじゃないと思いました。私を大切にしてくれている人を悲しませてしまうと思う。この文章だって、誰にも相談せずに、センシティブなことを書いています。でも、ただ自分が恥ずかしい思いをするという利己的な理由で、私が情報を発信しなければ、もっとこういったことで苦しむ人は増えると思ったので、この文を書くことに決めました。

　また、私が一ヶ月で 2 万円しか使えないことを知っているのに、私に 1 万円を貸してほしいという人もいました。会ったことのない人にネットで名誉毀損で訴えることができそうなほど酷いことを言われたりしたこともあります（後日、無事にアカウントが凍結されました）。気持ち悪いもの見たさに私を見ていると言ったり、身に覚えのないことで私を悪者扱いしたり。

　でも、自分を不幸だと思ったことはありませんでした。なぜなら、いつ暴力を振るってもおかしくない、いつなにを言われるかもわからない親の元にいるよりも遥かに楽だったからです。比べ物になりません。いつ何をしたら突然怒り出すかわからないのです。とはいえ、今また同じ一年間を送らされたとしたら、おそらく簡単に自殺すると思います。今書いたことはまだ 18 歳か 19 歳になったばかりの出来事だと思います。何があったのか一部は覚えているけれど、鮮明には思い出せません。そもそも辛いという感情を実感として知りませんでした。

　こうして、なんだかんだあって私は、このままでは死んでしまうと悟りました。そして、家を逃げ出す準備をはじめました。まずは家を借りようとしました。ですが、未成年が親の許諾を得ずに家を借りるなんてことは、まず不可能です。もしかしたら安定した収入があれば借りられるかもしれないと思いましたが、バイト禁止だったため働いたことがありませんでした。とにかくこのままではまずいということでバイトを始めました。祖母の家にいてもいい時間は残り数か月。残された時間もわずかでした。そこでバイトというか仲介をしました。簡単に言うと転職エージェントに人を売りました。100 万円稼ぎました。この 100 万円を、引っ越しの頭金にする予定でした。さて、私の手元にいくら入ってきたのでしょうか。

答えは 0 円です。マジです。0 円。マックのコーヒーもびっくり。で、私が仲介した人にそれぞれ 50 万円ずつ行ってしまった。でも引っ越し費用は必要だった。そう、これが巧妙な手口だと思うんですが、その人は、利息 0 円で貸してあげる、なんて優しい人なんだ、というような態度で私を言いくるめ、結局私に残ったのは 50 万円の借金でした。辛かった。その人はそれだけではなく、調子乗っていろいろやらかしたので（後述します）、それをネットで愚痴ったら、私の家に乗り込んできて虚偽の契約書を書けと迫って脅して来ました（まだ未成年なのに、成人になったことにして、早く書けと迫ってきました。これも警察に通報すべきだったのでしょうが、未成年の子どもで、もし捜索願が出されていたとしたら、警察を介して実家に連れ帰らされてしまう可能性が大いにあり、通報できなかったです）。

　なので、弱みに付け込んで人から搾取する大人、人として終わっているような大人でない人、テイカー気質ではない大人に相談して、法的に解決しました。テイカーでない人間を見極めるのもまた、難しいことです。さっきの話は結局、半年以上かかってようやく解決、10 万円くらいの損失で済みました。もし彼がこれを読んでまた脅しに来たら今度はちゃんと警察に行って、訴えたいと思っています。いかに私の立場が弱いかよくわかると思います。よくこんなんで親から逃げられたよね。しかも、18 歳、19 歳の時にです。ですから、この部分まで読んだだけでも十分にわかると思います。そして、18 歳、19 歳という理由だけでいかに危ない橋を渡らされているのかわかっていただけたらと思います。

　さて、賃貸契約です。まずは家を借りようと手当たり次第に探しましたが、無職ということで信頼されず何回も失敗しました。馬鹿にしてくる営業もいました。「へぇ〜、家出なんですかぁ。困りましたねぇ。まぁ、うちはそういうのやってないんで」みたいな電話をよこしてきたときは悔しくて泣きそうになりました。いろんなところで何回も言われました。そんな風に言われたらやる気も失せます。切羽詰まった状況の中では、わずかなやる気さえも財産ですから、逃げ出す人たちはみんな気を付けてください。できたら最初から賃貸のお店に行くのがいいかもしれません。断られることはあるでしょうが、顔を合わせているのに失礼なことを言ってくる人は少ないからです。

　また、同時にベンチャー企業の社長さんに名義貸しをしてもらいました。それまで会ったこともないのに気前よく貸してくださいました。本当にやさしい方でした。命の恩人だと思います。知人の経営者複数名から名義貸ししてくれないかというお願いがあったと聞いたことがありますけれども、やはり私がして頂いたことをしたことのある人は多いのだと思います。

　賃貸契約は優しくて優秀な不動産の営業マンのおかげでどうにかなりました。いろいろやってくれました。本当によくやってくれました。金、名義、手続き。ハンコの用意なども、18、19 歳にとっては厄介なものですから、気を付けましょう。私も死に物狂いでどうにかしました。私の苗字は、日本でも珍しく、日本で一番規模の大きい名字検索のサイトで検索しても引っかかりません。そういった人は本当に気を付けてください。逃げ出す際に、ハンコ屋でその場で彫ってもらうと、とてもお金がかかります。ネットで注文するものだと、後に配送する形になるので安いけれど使えません。もし親にハンコを作ったことが見つかったら、脱出の計画がばれてしまうかもしれないので気を付けましょう。ま

た、銀行印と一緒だとまずい場面があったので、いくつか作ったので大変お金がかかりました。ですが、私に親身になってくれた人（いろいろお世話になりました）がハンコの懸賞に当たったらしくて、困るだろうからとあらかじめ作ってくれていたのがあったので、費用も少し浮きました。ですが、作ったハンコひとつで食費は一週間分くらいの損失でした。逃げ出す人たちは、今から一円でも多くためなければいけません。ハンコの懸賞に当たり、それを譲ってくれたというのは」ラッキーの類いの話なので、あらかじめネット通販などでできるだけ安いハンコを余裕をもって注文し、友人に頼んで手渡ししてもらうなどして準備しておいてください。後日シャチハタが必要だったのでその時また調べたんですが、調べた感じ、やっぱり通販がおすすめです。

　他にも困ったことはいっぱいありました。その中でも焦ったのは、まともな身分証がないのにも関わらず銀行口座が必要になったことです。困ったなぁ。なんせ、銀行口座なんて持ってないのに、突然３日後に銀行口座を教えろと言われたのですから。

　私の銀行口座は全て親が管理していました。子供を無力化させたいのなら真っ先に手をつけるべきはやはりお金です。虐待して子どもを言いなりにしたい親はみんなこれをします。そうすれば、私くらい行動力のあって賢い人間でない限り（自惚れでしょうが本気で言っています）、一生その子供をおもちゃやぬいぐるみ、あるいは家畜のように扱うことができるでしょう。ホント、両親はそれをやる相手を間違えたな。話がそれました。そうそう。本旨は銀行口座についてです。家を借りるには銀行口座が必要です。で、焦って作りに行きました。親の管理している携帯電話を使い捨てのつもりでとりあえず使いました。私の経験上、電話がかかってきたこともなく、電話番号はあまり必要ないので、家電や親の番号でもいいかもしれません。逃げ出した先でもしケータイが手に入ったら、即刻電話番号を変えましょう。実は何件か口座の作成を断られました。なぜなら、期限切れの実家の住所の書かれた保険証とパスポートしかもっていなかったのですが、こちらにキャッシュカードが郵送されてしまうと困るからです。めちゃくちゃピンチ！！

　送られたところで受け取れないのです。そこで、口座はそこの銀行では作れませんでしたが、銀行員さんには虐待の経緯などを話して、どうにかならないかと相談して、どうにかしました。どうにかできたのはパスポートの住所記入欄がたまたま空白だったからです。４年近く使ったパスポートなのに、たまたま空いていました。運が良かった。そこに、まだ住んでいないけれど、決まった予定の家の住所を書いて身分証にしました。銀行員のお姉さんはこれでも証明になりますと教えてくれました。これでも使えるんだ！　と知った瞬間でした。もし住所が変更になったら大変なことですが、そこは神に祈りました。家を逃げ出す人たち、身分証はどうにか持っていてください。それか、作ってしまってください。一番簡単に作れる顔つき身分証はおそらく原付（原動機付自転車）の免許証だと思うので、作っちゃってください。原付免許は最短一日でその場で発行して手渡しでもらえます。もともと持っている人はパスポートがおすすめです。持っていない人は原付免許証。パスポートのいいところは、住所を手書きできるところです。身分証はその場で発行できないものが多いので、後日郵送されたりすると、親にそれを盗まれてしまいますよ。時間はかかりますが、パスポートは本人受け取りなので、その分ベターな選択肢かも（しかし、2020年2月から導入が始まった日本の新パスポートでは、住所記入欄がなくなるため、本人確認書類として使えない企業やサービスも増えているそうです）。

未成年が自分の名義で毒親から逃げるために家を借りるんですから、スレスレでも致し方なし。そもそも法律が悪いのです。児童は法律で保護されますが、18歳19歳は法律で子供としても大人としても扱ってもらえず、親権を通してでしか動けない。そこでもし親がいなかったら地獄を見ます。自分の存在なんてあってないようなもんです。自分は本当に生きていていいのかと思いました。人間でいていいのかと思いました。そしてそう思い続ける惨めな日々はその後も1年間続いたのです。合計2年。国から保護されず、また、親からも保護されない。おかピーポー！

　ですが、まぁたくさんの人の知識や協力のおかげでどうにかなりました。多くは既に知っていることでしたのでそんなに役に立たなかったですが、銀行員の人や、不動産屋など、専門性の高い人の話は役に立ちました。私にアドバイスをしてくる一般人は総じて、無駄でした。既に私が調べ尽くしたことしか教えてくれません。むしろ、そんなのもう知ってるよと思うので、ストレスになるので精神を削ってしまいます。相談に乗ってくる人と違って、こっちには自分の人生がかかっているんだから。

　これからアクションを起こそうと思ってこれを読んでいる人は、ぜひ今から言うことを守って欲しい、余計な一般人の知識は入れないことです、相談したいことがあるなら、ちゃんとその手の人に聞いてください。どんなにいろんなことを知っている人であってもダメです。あなたはその人にコンサルティング料金は払いましたか？　払ってない？　なぜ？　払う価値がないから？

　人という生き物は、無料でやったことに責任を取ってはくれません。だから、相談しても意味がありません。私のようにお金がない人が困ってたら、その機関で働いている人たちのところへ行きます。銀行口座について知りたいんだったらまずは銀行に行く。家を借りたいなら不動産に行く。住民の手続きの事を知りたいなら役所に行く。それぞれの専門の場所に行ってください。あなたの身を守るために。お願いします。当然のことですが、できている人はそう多くないと思います。私も知識のない人に言いくるめられて、振り回されたことがあります。自分でやろう。私との約束だよ。

　私が情報に振り回された例を紹介します。どっちも保険証関連です。一つ目は、保険証はその場で再発行できるという言葉を鵜呑みにし、交通費と時間を無駄に使ってしまったことです。本来国保であれば、その場で再発行してくれることも多いです。しかし国保でも組合保険である自分はその場で再発行できないということを知っていました。組合の扶養者の家に送られるのです。実家に帰れない私は、途方に暮れ、その後保険証のないまま一年以上を過ごしました。保険証を発行した話は後述します。二つ目、保険証を再発行すれば、お金は帰ってくるということについて。確かに返ってきますが、やっぱり素人の言うことを聞いたせいで、私の場合は返ってこず、1万円も損してしまいました。どうせあと数日なので、成人した後、保険証を手に入れてから病院に行こうとしていたのですが、帰ってくるから早く行きなよとしつこく言われ病院で体の検査をし、結局、発行日より前の診察だったので保険適用されず、返ってきませんでした。もしかしたら、転入の日付をいじればよかったかもしれないけど。

　まあ、いろいろあって、無事に家を借りることができました。家賃6.7万円。できるだけ安くしてといって、この価格の部屋になりました。未成年ですから、選択権はありませ

ん、この部屋しか空いてませんでした。立地が良すぎたのもあるかもしれない。でも先ほどの優秀な営業さんが、本当は7万円だったのを少し安くしてくれました。ありがたかった。

　いろいろなものがギリギリの中引っ越しました。数日間、満喫で数百円で過ごしたりしていました。ここでいうギリギリとは、お金がほぼ0（家賃分払ったらマイナスになるくらい）、持ち物はほんと3枚のパンツというような有様です。引っ越してすぐは最悪でした。まず数日は家に何もありませんでした。もちろんケトルもなかったので、カップ麺のお湯をコンビニで入れて、走って持って帰って食べてました。電気やガスがもったいないので、2月の凍える中、コートを着て、持ってきたわずかな本を重ねて、ゴムがゆるゆるのパンツを上に敷いて床の上で寝ていました。怖かった。生きているのか死んでいるのかわからなかったです。高校の親友や、仲のいい女性の大人の方にお願いして、いらない服を持ってきてもらったり、贈ってもらったりしました。

　とは言え、お金が無い。家賃に対して、口座のお金は5万円。最初の一ヶ月分は払ってあるのでいいですが、次の家賃の支払いまであと2週間を切っている。これはまずい。で、それから死に物狂いで働き続けました。朝も昼も夜も。貧乏でした。食べる時間もなければ、お金もないのです。

　そんな中、炎上覚悟でTwitterで助けを求めました。そしたら、もちろん叩くだけ叩き、借りたものなどを返せるか心配など卑劣な言い方をする意地悪な人もいましたが、95％が良心的な人たちで、みんなが家電などを贈ってくれました。怒られる覚悟で助けを求めることは立派だと言ってくださる人の方が多かったです。いつか返すと言いました。今でももちろん金額は全部記録して保管してあります。待っててね。みんなの御恩は忘れません。

　それでも、夜、布団に入って、床から天井を見上げると、ふと心臓がひりひりしてきます。このままで私は大丈夫なのだろうか。そういった不安が頭を占領して、離れない。いつもお金がなかったし、時間もなかった。働きづめで、一日2時間睡眠を続けて、起きている間はずっとお金がないことを心配して。でも、みんなのおかげで生き延びました。親友と、大金をかけて一緒にイケアに行って買い物をしてくれたりしました。その子とはずっと付き合っていくと思います。大好きです。

　そんな折、先ほど書きました、50万円をそっくり持って行った男が、私の家に消耗品を送るねと言ってくれました。みんなと同じように、私の欲しいものを送ってくれたのかなと思っていたのですが、開けたらコンドームでした。「俺が使うけど家に送れないから送ったわw」とヘラヘラ言っていてぶん殴ろうかと思った。人の感謝の気持ちに付け込んでこういうことをするのかと思ったけど、黙ってました。これだけではなく私が食事もままならないのを知っておきながら、奢らせたりもしてきました。

　それでも両親のほうがやっぱりその人の100万倍はやばいやつだったので、そんなもんかと奢りました。生活保護をもらえる最低基準にも満たない生活を送っている女の子が、コンドームを送りつけてきたり、50万円搾取して馬鹿にしてくる人に奢ってしまったわけです。後に、私の状況を一番知っていたのにもかかわらず（そりゃあお金を回収できなきゃ困るからだと思いますが）「知らなかった」と言い訳されたとき、やっとこの人と関

わる限り、一生搾取され続けて終わりだということを悟りました。私の状況を何もかもわかっていたくせにそういったうそを平然とつくわけです。それからは本当に腹が立ちました。でも、最初、私はそれでもかまわないと思っていたわけです。今の私では考えられないですが、これも虐待を受けた人の特徴かもしれません。親から搾取され続けていたから、他の人たちが被虐待児を利用していても、搾取されている側は何も不快に思うこともなく、顧みず様々なものを提供してしまうのです。これは本当に、被虐待児にとってこれからの人生を生きる大きな弊害としか言いようがないでしょう。私も虐待された当時のままのマインドを持っていたら、おそらく、今ここでこんな悠長に文章など書いていられないはずです。だって、食事すらままならないはずですから。

　それから、アマゾンのほしい物リストで鍋が手に入ってからは、毎日インスタント麺の生活が始まりました。一日三食インスタント麺を食べたら破産します。だから二食までに抑えました。で、いつからかそんな生活がずっとです。家賃のために働いて生活しているような状態でした。本当はもっと安いところに住みたかったけど、ここにしか住めない。しかも、きれいではありませんでした。一階だったし、家のカギもロッカーのカギみたいな頼りないものでした。毎日ゴキブリを叩き潰していました。そもそも、ルームクリーニングするって聞いたのに何もされていませんでした。トイレは真っ黒だし、風呂場は謎にぬるぬるでした。汚かったし。収入は、寝ずに働いて月に10万円ちょっと。週払いが必要でしたから、そんなにバイト先も選べませんでした。どう考えても健康で文化的な最低限度の生活は送れませんでしたが、これでも生活保護はもらえません。なぜなら、生活が成り立ってしまっているからです。おかしいよね。でもこれが現実でした。ここもおかしいと思います。未成年が生活保護をもらうためには、家を借りていて単身である必要があります。単身であると、法廷では未成年でも、成人として扱われる可能性が大いにあるからです。ですが、単身であるためにはもう生活が成り立っていないといけないという、パラドックス。未成年は普通、親に頼れと言われておしまいなのです。ツイッターで、これについて話したら、生活保護は小遣いじゃない、生活できている人に小遣いを渡すわけないだろといわれました。きっと、こういった理解のない人たちが、理不尽な貧困を強いられる人を生んでいるのだろうと思います。

　また、何度パパ活や援助交際に踏み切れる子が羨ましいと思ったか。こんな貧困で苦しむならやってやろうかと思ったことも何度もあります。でも私はどうにか、女性性という資産を利用することなく生きることができました（断りを入れさせて欲しいのですが、世の中にはいろんな仕事があります。職業に貴賎なしです。ホステスやキャバクラ嬢などは、女性性を資産としてつかっているとはいえ、裏で行っていることではなく、ちゃんと表で仕事としてやっていることですから、非難する要素はどこにもないと思います）。これは奇跡です。自分のしてきたことは、本当に誇らしいことだと思っています。でも、このような貧困に喘いで、耐えきれず脱法行為の道へ行く女性は多いということも身をもって知っているので、私の場合、精神力やバイトしまくる体力が残っていて、たまたま運が良かっただけの話であると思っています。だから、そっちの道に行った女性たちをバカにしたりする権利はないと思っています。だから、これを読んでいる人たちも、どうか、そういった事を言ったりバカにするのはやめてほしいなと思います。ただ、身を守るため

24

だったら、避けた方がいいなとは思っています。以前、私の人生をたとえにして、パパ活していても仕方のない状況にいるのにも関わらず私はそういった行為をせず、なんでほかの子はやっているんだ、というような発言を見つけたので、それはちょっと違うかなと思っているので断り書きしました。私も、運がよかったサイドに立っている人間というだけなのです。

　そうして、そんな中、毎日働きました。パワハラも受けました。嫌な仕事を全部回すくせに、怒鳴ってくるアラフォーの後輩がいました。とてもストレスフル。二時間睡眠と労働を4ヶ月以上続けてたらある日病気になりました。

　本当に辛かった。何がというと、病気自体もそうですが、それ以上に保険証がない事です。で、以下の話を載せておきます。本当に嫌な思いをしたので、ここに残します。本当に本当に、嫌な思いした。悔しくてやりきれないです。

　私は当時保険証を持っていませんでした。親が私に渡してくれなかったからです。これは運が悪ければ罪に問われるくらい重大なことです。保険証を作るのに住民票だけでいいならいいのですが、私の場合、親から住民票の閲覧を制限したいということもありますから、二十歳までは保険証を作れなかったのです。調べ尽くしました。でも今の日本の法律では、これは無理なことなんです。住民票の閲覧制限をするためには警察の協力が必要ですが、再度書きますが、警察は未成年を保護し、保護者に引き渡すということをやっているわけです。万が一、両親が私を行方不明者として警察に失踪届を出していたら、帰らなくてはいけない可能性が大いにありました。

　4日以上高熱が続いて、限界を感じて病院に行きました。保険証がないのに病院に行くのは本当に怖いし、勇気のいることなのです。それにお金もかかる。今からとある病院の話をしますが、あの人たちに居場所が見つかってはいけないから、詳しいことは、まだ、言えません。私のしたい情報発信は、二十歳になってからでないとできないのです。理不尽な世の中。理不尽な制約。理不尽な法律。そして、子は親を選べないという理不尽な現実について。

　病院で突然点滴されて、当分の間、仕事を休んで毎日朝晩うちに来いと言われました。そこまではよかったのだけど、しつこく私の保険証の有無を確認された挙句、「毎回自費で払えないから来れないかもしれないです（自分の健康にお金を渋るのはおかしいと重々承知している上で）」と伝えたら、医師に「自己責任。あなたの責任。あなたが悪い。それで来ないとかおかしいから。あなたの都合とかどうでも良いから、とにかく明日来い」と言われました。その時は黙っていたけれど、その後もあまりにねちっこく看護師さんたちも尋ねてくるので、とうとう言うしかなくなりました。
「私は、いま、生きるために逃げているから、お金足りないからできません」
「へぇ。保険証ない？　自分の体も管理できないだらしない人間なんだねぇ」
　なんだか、惨めな気分になって、泣けてきました。

　あの人たちと過ごしたトラウマは1年半を経てもなお未だ私の胸中に根深く、またしぶとく残っていて、どこまでいっても私は惨めな思いをするのだなと感じました。小さい頃からそうです。一緒にいると惨めな気持ちにさせられていました。どんな時も。ですが、惨めな思いをすることすら、許されない。いつも「悲劇のヒロインぶって気持ち悪い」と母が言うからです。今回もふとその罪悪感に駆られたのでした。悔しいです。

そしてその後処方箋で薬を貰ったのですが、とても数えきれないほど大量の薬をもらいました。7000円しました。そんなに要らないはずです。素人の私でもわかります。本当に、悔しくて悔しくて。人のことを人だと思っていない人たちのために、私が身体を壊してまで働いたお金を、払わなくてはいけないのです。たくさん泣きました。悔しいし、大切にしてくれない医者にかかってしまった。

　でも、そもそもそんな高額な買い物をする羽目になったのも、親のせいです。彼らが保険証を渡してくれなかったから。そうすれば私の、未来を、命を、掌握できるとでも思ったんでしょう。本当に浅はかです。罪を犯してるわけですし。切れ味の悪い大きな包丁で刺した傷に、これっぽっちの小さな絆創膏を貼るようなものです。そうすれば私が帰ってくるとでも思っていたんです。そう考えると、医師だけが悪いのではないような気がしてきて（そもそも私の状況を知らなかったから仕方ないと言えば仕方ないのです）、やはり、矛先はあの人たちへ向かいます。

　情けなくて、泣きました、本当に惨めな思いをしました。私と同じ思いをする人が、一人でも減ったらいい。減ってほしいと思います。というよりかは、絶対に自分が原因でもないことで苦しむ人は絶滅させなくてはいけないんです。なにが因果応報ですか。いまの世の中にはそんなもの、ないんです。全てはあなたの今いる環境が決めていることです。あなたの判断ではない。

　本当に悔しかったし、本来だったら受けられる支援を、最も受けるべき人が受けられなかったんです。おかしいと思います。でも、もし理不尽な目にあっても我慢しなくてはなりません。親も法律上同居しており、未成年だった私には生活保護をもらう権利がなかったからです。未成年は原則もらえません。親に頼れと言われて終わりです。国なんかに頼っちゃダメ。ホントダメ。てか頼れないんだけど。親に頼れなくてお金がない、そんなギリギリを脱出することがいかに不可能に近いかよくわかると思います。正直な事を言うと、いつでも死ねるように準備していました。死に方について毎日調べていました。自殺する気じゃないと、毒親から離れて未成年が生活することは不可能です。そんなのおかしいし、基本的人権とかいってる場合じゃないですよ本当に。親のいない18歳、19歳がどれだけ危ない橋を渡らされているのか。

　こんな少し考えれば当たり前のことですら、日本という国は今まで考えたことがなかったのです。やっとここ2〜3年で気づいた感じです。無意識の内に、この国は家族愛という幻想に縛られているのです。なのに、いまだ親権という権力は日本において強すぎます。本来、子供を守るためにあるものを悪いことに使う、浅ましい親のあまりに多いこと。とにかく、親がいないと、あたりまえのようにほかの人たちが享受できるものを何も得られないのです。

　そうして、医療が受けられない理不尽や、未成年の子供の不自由さ、そして貧困から、私はうつ病を発症してしまいます。

3 うつ病と貧困で苦しむ

　皆さんは、なんとなく抽象的であいまいな言葉に対して、これはおかしいなと感じたりしたことはありませんか？　アイデンティティとか、価値観とか、そういう言葉です。とくに、私は、「自分」という言葉の使い方が本当によくわからないなって感じるんですよ。その前にね、例えば、カップルが別れたときの理由第一位がいわゆる「価値観の不一致」だそうですが、意味わかりますか？　私はいまいちわからんのです。本当は、もっと他に理由があるのに、価値観というあいまいな言葉を使って、問題に蓋をしているというのか、何なのか。いや、いちいち別れ際に分析して徹底的に向き合えと強制したいのではないですよ。触れない部分があった方がいいときもあるから。でも、そういった自分の抱えた些細な「なぜ」に蓋をして生きている人がとても多いんじゃないかって思います。価値観って言葉はどういうことを指しているの？　聞いても答えられる人が本当に少ない。辞書で調べて持ってくるような人もいます。

　そういうことじゃなくて、どういった経緯で使ったのかが大事なんだ。しかもそこからの、「自分探しの旅」「自分らしさ」。シラけますね。こういうのを聞くと、なんだか悲しくなるんですよ。それって何ですか？　何をしたら旅なんですか？　自分を持つって、何を持つの？　毎朝起きて、眠り、食事をし、呼吸をしているのだから自分という存在は明らかじゃないか？　もっとはっきりしたことを言ってほしいなと思います。私には、自分らしさとか、そういった類のことはわかりません。だから、時々見かけるんですが「自分って変わっているってよく言われます」という言葉もよくわかりません。変わっている人ってなんだ？　そもそも、平均値の人間っているのか？　誰一人として同じような人生などなく、ただただささまざまな出来事を 70 億で割ったのが平均ってもんじゃないのか？　などといろいろなことを考えてしまいます。

　それだけじゃなくて、あいまいな言葉を言われた方って、なんだかわかったような気がしてしまうのですよ。自由そうにふるまって生きている人に「自分らしく！」とか言われたら、なんだかそれがいい気がしてきます。でも、言われている私たちがいざ、自分らしく生きることを実行しようとしたとき、それが何なのかわからない。「自分らしく」生きている人を見ても、言われた方は何をしたらいいのかがわからず、予想のつかない未来のことを案じて不安になってしまいます。だから、それを気に病んで辛い思いをしたりします。

　大事なのは、そういったおしゃれな言葉に惑わされてその本質を考えようとするのではなく、それを聞いた時にまず自分がどう感じたかだと思うのです。不安に思ったのなら、不安だったとしっかり言葉にしてみる。よくわからないなら、わからないと思う。自分の感じた気持ちを置いてけぼりにして、頭だけ先行して、わからない自分を責めてしまうのは悲しい。わからないものはわからなくて良いのです。わからなくても生きていけます。私も生きてきました。なんなら、家がなくても、金がなくても生きてきました。だから、何の心配もいらないです。

　自分が不安に思ったときは、その気持ちに徹底的に向き合ってみよう。そこから見えてくる世界もあると思う。そうしたら、初めて自身のやりたいこととかも見えてくるんじゃないかな。一日中ごろごろするとかでもいいと思う。

私は過去にブロンを一度に大量に飲む、いわゆるオーバードーズ（大量摂取）をしていたことがあります。一瓶飲んだこともあります。今やっている人はいるかな。できたらやめてほしいと思います。私は虐待から逃げ出して一人暮らしをした過去がありますが、そのころ、よくオーバードーズしていました。誰も助けてくれず、食べるのも精いっぱいで、未来も見えず、大変辛い思いをしていて、逃げ出したかったからです。

　その時の思い出を書き残していたんで、この章ではその日記をしたためようと思っています。

■ 2019 年の秋中旬

　仕事から帰宅する。疲れてぼーっとしている。そして夜中になると、インスタには高校からの同級生の女の子たちが狂ったように酒を飲んでいたり、クラブ遊びしているストーリーが氾濫している中、私は三日後のことを心配して夜な夜な泣いている。それがつらくって、たくさん逃げていた。お金がない、が意味することの多くは、飲んだり遊んだりするための金だと考えている大学生もいる中、金に困って働いていて、親も身寄りもいない子どもの私。未成年で家を借りて逃げ出したから、一銭も持っていないところから始まった。貧乏なのは、仕方ない。その時は布団も持っていなかった。持っているのは少しの本と、パンツと着ている服だけ。街灯で本を読んで恐怖をごまかした。恐怖はいつも私の隣で静かに座っていて、一瞬でも気が緩むと、突然私をめがけて暴力を振るってくる。

　朝起きても、何をしたらいいのかわからない。バイトして、家賃のために働いて、生活費は光熱費を入れても５万円でおつりがくるくらいで生きなくちゃいけない。夜になって、不安をごまかすために眠る。眠っていたら今度は、お金のない恐怖に襲われて目を覚ます。周囲では、静かに街灯が照っていて、私の部屋を青白く照らしている。怖いと思って、また眠る。胸のひりひりするのを無理やり抑え込んで、自分の恐怖に気づかないふりして、その恐怖を寝かしつける。

　そうしたら、今度は、両親に殴られていた自分の記憶がよみがえってくる。幼稚園の頃の私。なぜ殴られていたのかは覚えていない。殴られた時のぼーっとした感覚。ぼーっとしていたら、今度は突然腹部をけられる鈍痛。助けを求めて泣きじゃくって、叫んで、枯れた喉からは今度は血の味がする。涙を嚥下するたびに痛みと恐怖と呼吸の難しさで耐え切れなくなる。泣いたら、「泣くなといっただろう」と言って、言うことが聞けない罰としてさらに何度も殴り続ける。殴られても声を出さないようにしようと静かに泣く。腹筋を抑えて、ぐっと歯を食いしばる。ギリギリと腹の底、喉元で音がする。父の腕が飛んでくる。飛んできても顔を覆うことは許されない。ぐっと我慢して、恐怖に耐える。

　ゴン

　痛い。痛みで肌がじんじんとする。足は動いていないはずなのに、なぜかせわしなく動いているような気がする。怖くて動けない。動いたらもっと殴られるから。抵抗できないけれど、今から殴られるということだけはわかっている。怖すぎて、心臓に足がついたような気持ちになる。なったことのある人しかわからない表現かもしれない。一刻も早く逃げ出したいのに、逃げ出せないのだ。そうすると、なんだか、体中からついていないのに足が生えてくる気分になる。父が、物を投げる。

　ゴン

28

また、体に鈍い音が走る。いたい。声出したら死ぬ。静かに、淡々と、人を殴る鈍い音と低いうめき声だけが聞こえる。怖すぎて、自分を主観的に見れないのだ。人は恐怖を通り過ぎると、なぜか自分の状況を客観視し始める。だから、私の記憶も、そうなっている。

汗でびしょびしょになって、また目覚める。

怖かった……。外はなんだかもう明るくなってきている。ああ、また、眠れなかった。頭を抱えて、顔を洗おうと風呂場に行く。ゴキブリの子どもが、ドアの淵のパッキンから10匹くらいうじゃうじゃとわいてきた。貧乏だから、汚いところに住んでいる。女の子なのに、ロッカーのカギみたいな扉のついた家の一階に住んでいる。だから、仕方ない。冬に来たときは虫がいないと安心していたけれど、暖かくなってからはゴキブリだらけだった。

そしたら、今度は洗面台からゴキブリが出てきた。前に撒いた毒餌を食べたでかいゴキブリがひっくり返ってなんだかもじゃもじゃ動いている。朝四時。薄暗い、赤カビだらけの風呂場で、そいつの息の根を絶やそうと、思いっきり叩き潰す。顔に足が飛んできて、私もこいつみたいにもう死んだほうがいいかなと思った。誰か思いっきり叩き潰して殺してほしい。今の私は、まるでさっきまでひっくり返ってバタバタしていたゴキブリだった。

そうやってぼーっとしていたら時は刻々と過ぎて、今度は仕事に行かないといけない時間になる。

はぁ。今日も寝てないや。

仕事前は食べないとどうにもならない。無理やり食べる。もちろん、お金がない。一食数十円のインスタント麺を、近所のスーパーの訳アリ卵で溶いてかさ増しして、ゆでて食べる。ゆでている間に、急いで支度する。

疲れて帰ってきたら、また、お金がない事態に直面して……。恐怖で胸がひりひりして眠れなくなって……。

また無理やり眠ったら、今度は、下着だけで家を閉め出されて、寒い玄関で待っていたことを思い出す。途中で宅急便の人がきてびっくりしたんだっけなぁ。床に座って、腿が砂ぼこりでかゆくなる。しんとした、石特有の冷たさが私の体を少しずつ冷やす。夕飯の時間になって、やっと家に入れてくれたと思ったら、食卓の下に土下座させられて、ほかの家族三人で食事しているところを眺めさせられる。母が、笑顔で、ブスにぴったりだねって言ってくれた。三人の食事が終わって、やっと私も食べていいころになったら、母が急いで食器を洗い始める。食べきれなくて、ごはんとみそ汁を混ぜて食べていたけれど、それでも間に合わなくて、そうしたら、母が鬼のような顔して、私に頭から味噌汁を浴びせる。空になったお椀が頭に飛んでくる。

また恐怖で目覚める。まだ外は暗い。ほら、そしたら今度はまた、お金のない恐怖の始まり。お金がない恐怖とか、未来への不安は、過去に同じようなことを感じたことがある。

また、思い出す。フラッシュバックが起こる。今度は起きているのにも関わらず。

幼稚園の時の話。中山道陸橋を皆さんは知っているだろうか。今はわからないけれど、15年くらい前まであったと思う。まだ幼稚園だったから、詳しい年数とかは覚えていない。首都高五号線沿いの通りの下には、おびただしい数のブルーシートがあった。そこ

に、ホームレスが住んでいた。すごい長い列だった。今はあまり見かけない。ホームレスの規制がうるさいんだと思う。塾の帰り、母に車に乗せられて、五号線の下を走ってた。そこを通るのが私は大嫌いだった。10分か20分くらいしかいないのだと思うけれど、私はそこを通る時間が2時間にも3時間にも感じられた。母はそこを通るたび、必ずと言っていいほど、機嫌が悪いから、本当につらかった。

「お前、私の言うこと聞かないと将来ああなるよ。どう？ 汚いでしょう。この辺の道沿いのアパートに住んでた友達がいたんだけどねぇ。布団も干せないって言ってたよ。本当に空気が汚いんだって。家に住んでて、押し入れの中に入れてても黒くなるんだって。なのに、この汚い人たちと言ったら、路上に住んでるの。それで、私の言うことを聞かなかったら、お前もこうなるの。あっ。あんた馬鹿だから、もう分かり切ってるか。ホームレスにならないで済むようにバイトでも紹介しようか？ 無能なお前には時給650円くらいのところがいいかなぁw」

そして、母は私を中山道陸橋のそばで降ろして、走り去った。どうやって私が家に帰ったのかは覚えていない。ただ、降ろされたことだけは覚えている。だから、私はあの交差点の名前を知っている。それを見て怖がっている私を見て、父も喜んでいた。

「ピンポーン」

宅急便だと思う。

「……!!」

とうとう、私は白昼夢を見るようになった。あの幼稚園の頃の私の感じていた恐怖が、今現実になってしまっていることに気づいて、たくさん泣いた。苦しくて、逃げ出したくても、変わらない。でも、泣いてしまう。現実から逃げたくなかったけれど、もう我慢できなかった。

限界がきて、何かが切れてしまった。まだ十代だった私には、荷が重すぎた。狂ったように叫んで泣いていたら、そうしていたら、いつの間にかブロンを常用するようになっていた。

ドラッグストアでは一本1500円もする。一食100円にして切り詰めているのに、何かが狂ったのか、ブロンをたくさん飲むようになった。飲んでいたら、その間だけはいろんなことを忘れられた。

最初は何も感じない。じきに、体が後ろに倒れこむような気がしてくる。回転するジェットコースターが、後ろ向きに走っているような感じになる。金もなければ、未来もない。恐怖しかない。誰も助けてくれない。でも、ブロンでごまかしていた。その間だけは、まだ現実で生きているよりましだった。早く死にたかった。死にたいと思っても死ねない人は多いけれど、昨今の若者の自殺はブロンで引き起こされることが多い。ブロンが自殺願望を引き起こすんじゃなくて、ブロンのせいで、もともと持っていた後ろ向きな気持ちが、前向きな行動として働いてしまうからだと思う。

ブロンをオーバードーズすると、大体6時間くらいたったころに吐き気がくる。体調の悪い日にブロンをやって、胃がひっくり返そうになるほど吐いた挙句、最後には鼻から胃液で収まらず胆汁を出して窒息寸前になったこともある。苦しくて、眠ることもままならなければ、起きてだれかと話すこともままならない。でも、やめられなかった。それが2か月くらい続いたと思う。

貧困層のブロン問題は深刻だ。簡単に手に入るし、Amazon では 1000 円未満で買える。一度に 500 円足らずで手軽に現実から逃げられる。そんなに便利な道具が、ほかにあるだろうか。みんな、オーバードーズする人はおかしいとか、ファッションメンヘラっていうけれど、貧乏で苦しくて、虐待の過去に悩んでいることすらも、ファッションで片付けられてしまうのだろうか。

　そうして毎日続けていたら、ある日
　気づいたら首を吊っていた。

　でも、間一髪のところで助かった。ドアが開いていて、私の様子がおかしいと思って家に来たら、首を吊っていたところを止めてくれた人がいたから。

　それから、その人は、学校の先生に言われたことが忘れられないと言って、大事なことを教えてくれた。そして、この言葉は私の人生を変えた。たぶん、今もこの言葉は薬になっていて、驚異的なスピードで私の考え方を上書きし、新陳代謝を起こし、現在進行形で私の人生を変えている。

　私の人生はまだまだ影響力も小さくて、何か人に影響を与えるほどの大それたものではないけれど、たぶん今後良い方向に向かっていくっていうのはわかる。教えてもらって、本当に感謝している。

　それは、小学校の頃の話で、当時のその人の先生が、何の経緯でなのか忘れたけれど、自動車事故の話をなさったらしい。

「『いいか、みんな。もし車に乗って、崖から落っこちても、目を離すんじゃないぞ。目を開けたまま前を向くんだ。どんなに怖くても、走り抜けようと前を向けよ。どんなに怖くても手で顔を覆ったり、体を守ってハンドルから手を離すな。死ぬかもしれない状況になっても、前をずっと向いていれば、木にぶつからずに走り抜けられるかもしれない。でも、目を離したら絶対に死ぬんだぞ。』それを聞いたんだけど、いまだにその印象が強烈で忘れられない」

　それを聞いて、すっかり私はオーバードーズをやめた。どんなに怖くても、自分の抱えている漠然とした不安と徹底的に向き合おうと覚悟を決めた。いや、もともとできていたのかもしれない。少なくとも、ブロンに溺れる前はお金がない恐怖のなかどうにか生き延びてきたんだ。昔の私はできていたんだ。大事なことを忘れていた。

　わざわざ苦しい思いをして、いやなことをする必要はない。あなたには、幸いにも選択の自由がある。どんな生き方をしてもかまわない。向き合わなかったら、それはそれで幸せだと思う。でも、あなたには、未来の恐怖に徹底的に向き合う覚悟はあるか。向き合った先には、必ず、トラウマを超えた選択肢の開けた未来が待っている。

4　腐った大人という貧乏神を意志の力で追いやった話

　ウォー！　この章を読んでいるあなたはラッキー。この本は 300 円です。だがしかし、これをできなかった私は 50 万円搾取されましたので、みなさん。これを読んだ時点で悪い大人に騙されなくなります。

　さてさて、タイトルの通り、「意志の力で追いやった」って書くと、いかにも私が頑張りましたって感じに聞こえると思うんですが、そんなことないです。仲のいい事業家の方が親身になって教えてくれたので、それを実行しただけなのです。だから、今回も別に私は大したことなんてしてなくて、人に助けてもらったという話です。てか、いつもそうですね。いっつも失敗ばかりして、いっつもその時に人に助けてもらった話しか書いてないわ。

　ありえんくらいしんどかった過去の私。報われないのに与え続けるというあほでした。どのくらいあほかというと、服 4 着、ゴムの切れたパンツ三枚しか持ってなくて、三食インスタント麺食べたら破産するくらいの状態で金がないのに、見ず知らずの道端で凍えている小学生に肉まんを買ってあげたり、100 万円稼いだのにいつの間にか一円ももらえず、むしろ 50 万円の借金を背負っているという状態になったりと、そのくらいあほでした。ほかにも、こっちが睡眠不足になるまで人の話を聞いてあげたり、お金がないから、お金以外のすべてをささげたりしていました。相手の都合に合わせすぎる状態で時間を調整したりして、いっつもぎりぎりのスケジュールを作ったり。親なし金なし住所なし時間なし、という感じ。前述しているので皆さんもうデジャヴでしょうけど……。

　どう思いますか。私はこれを書きながらどうしてこの人はこんなにあほなのかと思いましたよ。馬鹿です、心の底からそう思う。ホストクラブとかに行ったことはないのですが、おそらく私こそホストの「好き」に騙されて 100 万円のボトルとか入れたりするタイプだと思います。

　そんな末期の私が、金もなく親もなく住所もなく時間もなく、そんな状況でどうにか生き延びられたのには二つの理由があると思っていて、一つは『GIVE & TAKE 「与える人」こそ成功する時代』[1] という本の概要記事を読んだこと（記事の内容だけでは足りなかったので、最近本も読みました）、もう一つはその記事を勧めてくれた人がじきじきに、私に損を取りかえす体験させてくれたことにあると思います。

　この章ではそのことについて話していきます。

　世の中には三種類の人間がいて、「とにかく見返りを考えず与える人（ギバー）」「ギブアンドテイクを一対一でする人（マッチャー）」「いかに多く奪うかばかりを考える人（テイカー）」の三種類です。そして、裕福な順番を考えてみると、マッチャー、テイカー、ギバーの順番になります。与える人ばかりが損をしている。でも、一番お金持ちなのはマッチャーではなく、実はギバーなんですね。ギバーは頂点か底辺のどっちかにいるので、差が激しいんです。そして、残念なことに、頂点より底辺の方が多いです。読んだ記事はざっくり書くとこんな感じでした。これを読んだことがのちに私の血肉となって、人生を好転させていきます。

---

[1] https://www.mikasashobo.co.jp/c/books/?id=100574600

さて、ギバーは残りの二種類と決定的に違う点があって、それは、見返りを求めずみんなに惜しみなく提供するというところです。「どれだけギブしたら、このくらい返ってくるのだろう」などと打算的なことは一切考えないんです。みんなに慕われて、応援してもらえるんです。

　ギバーには世の中をよくしたいという気持ちが常にあります。ですが、貧乏なギバー（過去の私）のような状態だと、それを実現するのは到底無理なんです。自分の力を使って世の中に影響を与えていくためには、自分が豊かである状態が必要なんですが、貧乏なギバーは、何か資本を得るとすぐテイカーに溶かしてしまうため、搾取されるばかりで一向に豊かにならないんです。だから余計に貧乏になって、影響を与えられなくなって、どんどん悪循環に陥ってしまいます。

　それで、私がまだ10代だったころ、ある人材派遣でおそらく100万円は儲けて、そのうちの50万円手元に入ってくるはずだったんですが（個人情報のこともあるんで計算は載せられません）、そこで一銭も入ってこないばかりか、借金を背負わされるという状態になったんですね。でも、当時の私は何にも思いませんでした。何ならむしろありがたいと思っていたくらいです。その人に手伝ってもらって家探しもしたので。

　そして、搾取されてきたことも、ずっと誰にも言わず隠してきたんですけれど、ある時、ひょんなことがきっかけで、その50万円を奪った人が私の家に押し掛けてきたんです。

　それがあまりにも恐怖で、本当に困って、信頼できる人に打ち明けました。これは本章の本旨ではないですが、本当に大事なことなので書きます。困ったときは絶対誰かに打ち明けた方がいいです。いや、やってるよと思ったそこのあなた。あなたこそ実は打ち明けていなかったりします。打ち明けているのは、実は自分では恥ずかしいと感じていなかったり、打ち明けるハードルの低いことだったりします。恥ずかしいこと、怖いこと、そういったことこそ打ち明けてほしいです。

　そして、今から書くことも重要。見極めのラインとしてですが【自分が嘘をついているor嘘をつきたくなったとき】こういう時こそ恥ずかしく思ったり現実から目を背けている時なので、ぜひ打ち明けてみて。これはマジ超有能ライフハック。小学校で嘘をつかないようにしましょう、なんて習いましたけど、これは本当に自分のためになるので、本当に嘘はよくないです。だから、当然のことですが、私の書く文章に一切嘘偽りはないです。もちろん、個人情報のことやほかの人もかかわってくることは保護のためにも書かないようにはしていますけれど、書ける範囲で自分の人生、体を張って経験したことを全て垂れ流しています。

　さてさて。本題に戻りますね。打ち明けた人は経営者なんですが、彼が言うには「弱みに付け込んで借金を背負わせるのは許せない」とのことで、家探しくらいしか手伝ってないのになぜ50万円奪われるどころか借金まで背負わされてんだと言ってくれて、それでハッとして私はこのままでは奪われるままの人生を送ることになってしまうと気づいて、様々な行動を考え直そうと思うようになりました。

　そして理不尽な借金を取り消し、42万円は奪還に成功しました。なんやかんやで8万円は源泉徴収がどうとかいってはぐらかされて取り返せませんでしたが、大出血は防げました。8万円も、インスタント麺ヘビーユーザーにとってはめちゃくちゃ重いですが、い

い勉強代になったなぁと考えることにしました。ちなみに、おそらく彼の日頃の様子を見るに、8万円という数字も嘘なんだと思います。なぜなら、その話し合いの場での出来事なんですが、額を8万円と言ったり、10万円と言ったり、12万円と言ったりで、ものの数分のうちに言っていることが二転三転していたからです。何なら数字だけでなく「源泉徴しｙ……（ゴニョゴニョ）」みたいな感じでした。

　怪しさマックスですね。なぜ、今までこの人に対し、疑うことをしなかったのかな？　と不思議に思いました。一度テイカーを懐疑的に見ることができると、騙される確率がうんと下がります。その人は私より一回り以上年齢が上の人だったんですが、そんな大の大人がうにゅうにゅ言ってるのを見てから、本当は私より10歳くらい幼いんじゃないかと思うようになりました。それまでは普通の人に見えていたのに、急に違う何かに見えてくるんです。まあ、最後にその人の顔を見たのがその場で最後だったので、そのときそう思っただけかもしれないのですが……。とにかく、こういう安定しないような、うやむやにするような行動をとる人も危ないので気を付けてください。テイカーである可能性が大いにあります。

　そして、そんなこんながあって反省した私が決めたことは、変な時間（真夜中など）に来た連絡には、その時もし起きてても返さない」「ちゃんと自分の曲げられない主義については主張する、一貫して変えない」「自分の品物を安売りしない」などなど、そういったことでした。とてもシンプルだし、当たり前のことですよね。

　でも、言われたことはできても、世の中には搾取される例なんて腐るほどありますから、具体例をあるだけ挙げて、それを全部遂行するっていうのは現実的じゃない。いくらやってもイタチごっこだし、全部覚えてなんかいられないでしょう。だから、コアの部分を肝に銘じ、それを守る方がはるかに効率的だし、判断スピードも上がるので、実用的です（このことについては、物事の2割に結果を左右する8割の核となる部分がある、という8:2の法則について書かれた本があるので、それを利用して生き長らえた記事も書いてみようと思います）。そしてそのコアなんですが、それを見つけるのにだいぶ時間がかかりました。私の編み出した法則です。そしてそれをほかの人に言ったら「大体あってる」とのことでした。100人規模の会社経営者という世の中でいう成功者のお墨付きなんですから、おそらく正しいです。そしてそのコアとは、

　　「もし今していることが取引先相手だったら、今のような行動をとるだろうか」
　　　ということを軸にして判断する

です。

　例えば、緊急でもないのに寝ている時間帯に連絡がきたら、「この人は自分の取引先にも真夜中に電話をかけたりするのだろうか？」と考えます。たぶんかけないと思います。会社が火事になってるとか、危篤だとか、そういう緊急事態でもない限り、おそらく相手のことを思いやって電話しないでしょう。そして、たぶん重要な連絡ではないなと予想がつくはずです。重要な連絡はどんな手を使ってでも連絡してくるはずですから、何度も電話をかけたり、メッセージなどを残してくれると思います。そういったものには出てあげるべきですが、自分である程度判断できるはずです。もうひとつの例ですが、待ち合わせの場所を15分前になって急に変えられたことを思い出しました。

34

もしあなたが仕事で取引先に会うとして、面倒くさいという理由で 15 分前に突然場所を変更したりしますか？　たぶんしないし、何が何でも最初の約束を守るはずです。だから、その人はテイカーだと判断することができ、搾取されないように注意してかかわるようになれます。普通の人には優しく、テイカーには気を付けて関われば、最悪の事態は免れます。

　そして、先の法則を見つけてから、急速に私の人生は潤っていきました。とはいえ、普通の人よりはまだまだ貧しかったですが。インスタント麺は、一日二回だったのが、三回食べられるようになりました。そしていまでは、お金持ちではないですが、まあまあ幸せにやってます。何だ、インスタント麺とか貧乏かよと思うかもしれませんが、これはとても大きなことですよ。自分の資本が満たされるのは、人生で一番大事なことです。そうじゃなきゃ何もできませんからね。小鹿が生まれたばかりの時に、オオカミに襲われちゃあ元も子もないんです。資本を奪われるっていうのは、何をするにも致命傷なんです。孫正義だってそうです。創業したての頃、ぼろぼろのテナントでアルバイト二人の前でミカン箱の上に立って「豆腐を数えるようにお金を一兆二兆と数えるようになるんだ」という演説をしたのは有名な話ですが、もしその時に変な人に騙されてお金を盗られていたら、ソフトバンクなんて大きな会社は存在しなかったでしょう。

　だから、自分の身を守るってことがどんなことなのか知っておいてほしい。ほかにも身を守るためにやるべきことは、これ以外にもいろいろあるんですが、またいつか機会があれば別の記事にまとめることにします。でも、そういった搾取する人たちがいる世の中であってもギブするっていうのは素敵なことなんです。以前、私に厚いサポートをしてくれた方がたくさんいらっしゃいました。ほかにも、私に本を贈りたいって言って、本を贈ってくれた人もいました。いまでも、自分が若いころ本がたくさんほしかったから透子さんにプレゼントしたいと言って、たくさんの人が私に本を贈ってくれます。

　あと、児童養護施設出身の男の子が、アマゾンのギフトカードを贈ってくれたことがあって、うれしかったです。頼れるお父さんやお母さんがいなくて、まだ高校生なのにバイトを頑張って生活している彼こそお金が必要だろうに、贈ってくださいました。私が高校生の時を思い出して、その価値を想像したんですが、そうしたらなおさら身に沁みました。私もお金を与えられるほど豊かではないんですが、先日、彼が金欠で欲しい本を買えていなかったので、彼にお返ししたいなと思って、同じ分ほどの本をプレゼントしました。交換し合うというのも、また素敵なことですね。数字で見ても、金銭的には何も変わっていないのに、そこには幸福が生まれます。0 から幸せが生まれるって、ウィンウィンですよね。彼も、本を贈ってくれたみんなと一緒の、与える側にいます。実はそういった優しい人が大人になったとき、私が過去に経験してきたような報われないギバーになって悪い人に搾取されてほしくなくて、今こうして記事を書いています。

　そういった過去の苦い経緯もあって、サポートしてくれたり、本を贈ってくれるみんなって、きっと豊かな人たちなんだろうなと想像しています。そして、小さな出来事とはいえ、こういった経験など背景にある理由もあるので、おそらく想像は正しいと信じてます。会ったことのない人たちからの見返りのないギブの力を感じてて、今の私って本当に無敵です。これって無償の愛ってやつですもんな!!　涙が出そうです。大事にします。

皆さん、本当にありがとうございます。この場を借りてお礼させてください。いつもありがとうございます。

そういえば、先日ギブアンドテイクの本を読んだので、この記事の続きとして今度「どうすれば搾取されないのか」について、私の経験も交えて書きます。続きを楽しみに待っていてほしいです。これを読んだ皆さんが幸せになれるように、これからも心を込めて私の失敗談 (〃艸〃) ﾑﾌｯを提供できたらなと思います。やっぱり経験が一番ですからね、価値ある話って。現代における貧乏神とは報われない人に与え続ける行為そのものであり、それを追い払うためにはどんな考え方をしたらいいのか、ここでやっと指針がつきました。

5 成人してから行ったこと

これは結構大切な事で、生きやすくする為に必要な作業です。

忘れないうちに、行政機関や自治体でわたしが行った（今も行なっている）手続きを、シェアしたいと思います。今後、同じことで困っている人たちはぜひ参考にしてほしいと思うのと、手続しているうち書くのが一番正確だと思ったので、記憶が薄れないうちに残しておくことにします。

■ 2019.??.?? (土)　成人しました。

■ 2019.??.?? (月)　成人して 2 日後。月曜になったので、前に住民票が置いてあった生家の管轄の役所で手続きしました。

● 電話をかけまくる

前住所、新住所の役所と警察に電話をかけまくりました。住民票の閲覧制限が必要だからです。電話をかけた結果、とりあえずこの日は前の住所で作業を終わらせようと判断しました。

● 分籍をする

最初にまず、分籍をしました。実際何か影響があるというわけではありませんが、分籍を行うことで、私が一人の大人であることを証明しておきたかったという精神的な側面と、また二度とここに戻らないで済むようになるという利便性の側面において、妥当な手続きだと判断しました。

この届を出すことによるデメリットは、一生もとの戸籍には戻れない（選択肢の幅が減る）ということと、もう一つは、私が結婚するときに相手の家族に怪しまれるということです。離婚しても転籍しまくれば×が消えるので、そういうことをしたんじゃないかと怪しまれる可能性があります。

それでも構わないし、それを理解できない人とはお付き合いできないと割り切ろうという気持ちで分籍をすることにしました。それなりに勇気のいる行動でした。

● 転出届を出す

　また、転出届を出しました。そして、書類上ではこの日をもって逃亡先に転入することにしました。私にとって一番大切なのは、住民票を血縁のある人たちすべてに見られないことです。なので、このとき同時に住民票の発行を仮止めしました。仮止めしてから1ヶ月間はこれが有効だそうです。そのうちに転入してしまいましょう。

　市役所の皆さんが優しい方達だったので、本当に助かりました。緊張して間違えたりしたけど、優しく教えてくださいました。翌日は警察にも行くことになるので、きっと明日も大丈夫だろうという支えになりました。

■ 2019.??.??（火）　成人して3日後。これを書いてる今日です。この日が一番やることが多くて大変だと思う。

● 住民票閲覧制限の手続きについて尋ねる

　最初は謎に恥ずかしいと思っていたけれど、私にはなんの落ち度もないので、堂々とすることにしました。恥ずかしいと思うことの方がよっぽど「きょえー !!!」って感じです。

　住民票や戸籍の閲覧制限をかける手続きのことを、支援措置と言います（以下、支援措置と呼びます）。支援措置を受けるには、警察の協力が必要です。申出人が支援措置を受ける必要のある人間かどうかを審査するためです。なので、支援措置についての手続きが必要かどうかを警察に判断してもらう直前までの手続きをしてもらい、そのあとまた区役所で正式に決定する、という形になります。

　支援措置をかけると、いろいろ不便が生じますが致し方なし。今回はパスポートで身分証明書を出したので、パスポートでしか身分証明ができないということになりました。また、代理人の委任状による、戸籍や住民票の取り寄せはできません。さらに、本人であっても、郵送による取り寄せは不可能になります（なので分籍届出してよかった）。

● 転入届を出す

　あとは普通に転入届を出します。同時に、新しい住民票の写しも交付しました。苗字の読み方が正式に「秘密です」になったので、新しい住民票で銀行口座を作って、それを持ってパスポートの読み方も変えないといけないからです。

　ここで新しい問題が発覚しました。

　本来、新しい保険証の交付には前の保険証が必要なのですが、私の場合は親が持っているのでそれができませんでした。

　とにかく、役所の方には迷惑かけっぱなしです。イレギュラーな対応が一件でも困るのに、今回3件くらい入っているからです。

・苗字の振り仮名変更
・支援措置の申出
・以前の国民健康保険証から脱退するための書類がないまま、新しい国保の発行

　結論から言うと、全部うまく行きました。事前にたくさん調べておいたのが幸いしたのですね。みなさんも何かやりたいことがある時は、インターネットで調べてからにしま

しょう。インターネットを使ってもわからないなら、電話をかけましょう。私の場合、インターネットで探しても、自治体ごとに異なることがあるということだったので、その部分について電話を使ってたくさん尋ねました。

　苗字の振り仮名については法律はなく、好きにしていいので、簡単に登録できました。漢字が変わるときはいろいろ面倒ですが、読み方は適当で構わないんですね。支援措置については、警察で大まかな児童虐待についての話をしただけで終わりました。そしたら、必要な書類にはんこをもらえたので、これで支援措置を受ける許可が降りました。

　警察にはもっと詳しくいろんなこと教えなきゃいけないのかと思ってたけど、その必要はないみたい。過去に書いた2万字のえぐい虐待記録のPDFも持ってましたが、警察の記録に残す必要はないそうです。なぜ必要がないのか尋ねたら、

　「重要なのは、過去に何が起きたかということよりもこれからどうするかの方ですから」と言われたのが印象的でした。無意識に背筋が伸びました。

　最後に、国保の発行。少しひやっとする場面がありましたが、事情が事情なので、すんなり行きました。私が悪くないのに不利益を被るってことは、もう二十歳になったらあり得ないんだなぁ。未成年の時は揚げ足取りがぜんぜんまかり通ってたのに……。本来は、国民健康保険には無加入ということはあり得ませんが、私は1年以上、実質無加入と同じような状態でした。手元に保険証がなく、発行ができない。再発行もしたかったのですが、国保組合だったので、親の許可がない限りは再発行できませんでした。ですが、そういった状況に鑑みた結果、国保であっても、組合保険ではないので、無事に国保を取得できました。これからは晴れて自由の身です。病院に行ける!!!!　40度の熱が出ても病院に通えるようになりました！病気になっても死ぬ前に適切な治療が受けられる！これって、本当にすごいなって思った。

　二十歳になったばかりで、いろいろとわからないことがたくさんありましたが、役所や警察の方々が親身になって教えてくださったおかげで、無事に国に大人として認めてもらえました!!　これからは自分の人生を好きに生きていこうと思います。来週あたりもやることは山積みです。これからもっと頑張らなくちゃ。自由の身だから。

　そして、今現在に至ります。未成年で親のいなかった私は、立場を利用され搾取され続けていましたが、どうにか立て直し始めたところです。あなたから搾取する人を見極めるのは、被虐待児にとって本当に困難です。大人になっても苦労します。まじめな人が馬鹿を見るときというのは、搾取してくる人に気づかないとか、年齢で損しているとか、こういうときだと私は思うのです。

　オードリー・ヘプバーンの名言で、こんなのがありまして。「成功は誕生日みたいなもの。待ちに待った誕生日がきても、自分はなにも変わらないでしょ」

　完全同意です。それでも、法の問題では、やはり、成人した瞬間にすべてが変わってしまうのです。ただ、先日も、誰も祝ってくれない成人式を迎えたり、まだまだ悲しいことはいっぱい続いてたんですけど、ま、後日祝ってもらったのでハッピーです。

　読んでくれてありがとう。それでですね。今回、書いてみて思ったのですが、私のようなことをやった人は本当に少ないと思います。だから、情報も少なく、必要な情報が得られず困っている人も多いのです。20歳になったら成人という、このあほ制度も2022年に

終わりますが、現代の日本に生きる 18 歳 19 歳で、親がいない子供であるということの不安感を、こうやって解消したよという一例でした。これからも、皆さんを幸せにしていくために私の経験や情報を発信していこうと思います。ありがとう。

　成年年齢を 18 歳に引き下げる理由について、テレビ局や、厚労省なども具体的なことをだれ一人言っていないんですが、私はこういう経緯だと思います。18 歳に引き下げると頼りないとか、そこを狙った詐欺もたくさんあって心配だなんて声も聞きますけども、私みたいに理不尽な目に合う人を減らすための政策でしょう。

　皆さんに、一刻も早くこの状況がおかしいと気付いてもらえる日を、私は待っています。

6　許すこととは

　それから二年がすぎました。ちょうど二年くらいだったと思います。突然、母から連絡が来ました。ひょんなことからわたしのインスタかなんかを見つけて、どうしても我慢できなくて、連絡をしたそうです。その頃には私の怒りもすっかり収まっていて、うつも寛解していました。そしてその頃には、私が暗黒通信団でこの新刊を書くことがもう決まっていて、母のことをどれだけ折り込むか考えていた最中でした。その直後のことだったのでとても驚きました。

　なんだか、背も小さくなっていて、以前の傍若無人な様子もだいぶおとなしくなっていました。あまり精神論だとか、引き寄せの類のものを私は信じていないけれど、この時ばかりは、本当にそうなんじゃないかと思いました。散々謝ってほしいと思っていた気持ちが、忘れた頃にどこかでスッと消えていて、ちょうどその頃に母から連絡が来ました。

　だから、これを書くのも面倒くさくなっていたのは、事実です（暗黒通信団の皆さんごめんね）。怒りなどというものはもうすっかり忘れていて、怒りに任せて書いたたくさんの文章たちを放出する術が欲しかっただけの私には、もう必要のないものになっていたからです。

　でも、これを書くことは気持ちの問題などではなくて、決まっていたことだから、やりきろうと思いました。この新刊も、母のことは書くぞ、母にも許可をもらって書きました。

　それから、母から本当のことを全部聞きました。母も祖母からそれなりに酷い扱いを受けていたということでした。人のせいにするな！ なんてことは、微塵も思いませんでした。私も同じことをされてきてきたから、ただただ、同じような立場で痛みがわかるとしか思いませんでした。私も親に依存せず生きることができるようになった今、相手は私の命綱を握る最恐のモンスターではなく、そこに小さく座っている 1 人の大人でしかありませんでした。父もそうでしたね。会えたことが嬉しい、ひたすら申し訳ないという日を過ごしたと言っていました。やり方もいろんなことも間違っていて、私が数回繰り返した自殺未遂についても、自分のせいだと言っていました。祖母の子どもは皆金銭まで絡んでいたとのことで、揉めてしまったそう。詳しくは書けないけれど、そこで、自分と娘の関係について思い出すことがあったようでした。

それから私は母と和解したと、以前から仲良くしている友人たちに連絡をしました。許してあげたんだねってみんなに言われたけれど、実はそういうわけでもなくて、ただただあの頃私の抱えていた怒りなどが、スッといつの間にか消えただけで終わったというだけの話なのです。もしかしたら、本当の許しというものはそういうものなのかもしれない。なぜなら、もし私が虐待を受けたことについて怒っている時に、よくわからない外野に許すことが一番大切なことなのだなどと言われてしまったらとても腹が立ったはずだからです。忘れればもうそれで良くて、何かわだかまりを無くそうという作業をするのは酷なことだし、なかなかできません。私はいまだに怒っているし、そういう意味では完璧に許せている訳では無いのかもしれない。でも、当初の想定では、一生私の伝えたかったことなどは母に伝わるわけないだろうと諦めていたのです。それで十分だと思ったし、もう何の恨みもないのです。

　毎日一生懸命自分の人生と向き合い続けた両親は単純にかっこいいと思う。私との関係から、もし自分の家族がうまくいくようなことがあったら、嬉しいなぁと思う。その手助けをすることが私の親孝行なのかなぁとぼんやり考えています。私の人生前半はまあめちゃくちゃにされてしまったような気もするけれど、これから幸せになれれば十分でしょうと今は割り切っています。

　過去に執着しても意味がない。これからのことを考えなくてはいけない。なぜならば、私たちは誰一人として、過去に生きている人はいないからです。生きていれば色々なことがあるけれど、自分の中でその理不尽な出来事とどう折り合いをつけていくのか、常に考えて、自分と向き合う作業もまた、人生の大きな課題の一つなのだろうと思うのです。

　私は今回の経験を通じて一つ賢くなったので、両親とまた生きて行こうと決めました。両親も自分の手に入らないものや、自分の過去の飢えを今克服しているところです。今まで一人で向き合って来た人生でしたが、これからは親子として、支え合ってこの理不尽と戦っていきます。

　最後に、読んでくれた皆さんへ、本当にありがとうございます。いつかもっと素敵なことできるように精進して立派な大人になろうと思っています。

透子

くさ　おとな　かこ　い　の　はなし
腐った大人たちに囲まれて生き延びた話

2021 年 12 月 31 日 初版 発行
著 者　透子　（とうこ）
発行者　星野 香奈　（ほしの かな）
発行所　同人集合 暗黒通信団　（https://ankokudan.org/d/）
　　　　〒277-8691 千葉県柏局私書箱 54 号 D 係
本 体　300 円 / ISBN978-4-87310-253-5 C0036

Σ∞　乱丁・落丁は在庫がある限りお取り替えいたします。